KB141540

태초의 냄새

김지연

태초의 냄새

김지연

소설

PIN

049

차례

PIN

049

태초의 냄새

김지연

그날 마신 와인에서는 죽어가는 곤충 냄새가 났다. K는 P가 트렁크에서 꺼내 온 와인을 한 모금 들이켜는 순간 그렇게 생각했다. 무당벌레처럼 반들반들한 겉껍데기를 가진 작은 곤충을 엄지와 검지로 잡아 지그시 눌렀을 때 버둥대며 내뿜는 냄새가 난다고. 어린 시절 K는 곤충을 잡아 날개를 떼어내며 죽이곤 했고 그때 곤충들은 냄새를 풍겼다. 자신의 손끝에 밴 냄새를 맡게 해주려고 남동생의 인중에 손가락을 가져다 댔던 기억도 떠올랐다. 그리고 연달아서 그 시절의 다른 풍경들도 스쳐 지나갔다. 외가에 갔을 때 들판으로 달려 나가

벌레들을 잡아 죽였던 일, 풀을 뽑아 뿌리에 엉긴 흰 알들을 짓밟고 계곡으로 가 나뭇가지로 도롱뇽의 알을 건져내 메마른 흙 위로 던졌던 기억. 모든 걸 파괴하고 죽여야만 속이 시원했던 건 어째서였을까. 풀의 생채기에서 나던 풋내들과 오래 해를 보지 못한 채 젖어 있던 검은 흙의 냄새, 겨우내 건조한 산속에서 얼고 녹고를 반복하다가 봄이 되어서야 마침내 썩기 시작하는 낙엽 냄새도 덩달아 맡아지는 것만 같았다.

"와인 어디서 났어?"

"훔쳤지."

"그니까 어디서?"

"놀라는 척도 안 하네. 농담이야. 편의점에서 산 거."

"당연히 뻥인 거 아니까 그러지. 근데 이거 싸구려지? 맛없어."

"어떻게 알았지? 맞아, 제일 싼 걸로 골라 왔어."

"벌레 맛 나."

"벌레를 먹어보셨나봐."

P는 K가 내민 캠핑용 스테인리스 와인 잔에 와

인을 가득 따라 코를 갖다 대 숨을 한번 들이쉬고
는 고개를 갸웃거리며 다시 K에게 건네주었다.

"향은 좋기만 한데."

"누가 와인을 이렇게 많이 따라."

"내 맘이지."

그러고는 자신의 잔에는 사이다를 따랐다. P는
속이 좋지 않아 술은 마시지 않는 것이 좋을 것 같
다고 했다.

"너 다 마셔. 좋지?"

"누가 들으면 술꾼인 줄 알겠네."

K는 말은 그렇게 하면서도 실실 웃고는 와인이
넘치지 않도록 조심하며 P의 잔에 살짝 부딪쳤다.
플라스틱끼리 부딪는 소리보다는 좀 들을 만했지
만 그래도 유리잔에 비하면 영 멋없는 소리가 났다.

"이래서 담는 잔에 따라 술맛도 달라진다고들
하나봐."

K는 잔에 혀를 갖다 대며 이번에는 쇠 맛이 난
다고 생각했다. 동시에 와인이 입안으로 흘러들어
와 와인 맛과 마구 뒤섞이자 입속 가득 묽은 피가
흐르는 듯한 느낌이 들었다.

"쇠 맛은 왜 피 맛이랑 비슷할까?"

"핏속에 든 철분 때문이잖아."

"그런 거야?"

"과학 시간에 졸았나 보네."

마지막으로 들었던 과학 수업이 10년도 훨씬 더 전인데 기억하는 게 이상한 거 아닌가. K는 와인을 한 모금 더 들이켜느라 그 말은 입 밖으로 내뱉지 못했다. 아무런 노력을 기울이지 않았는데 왜 어떤 건 기억되고 어떤 건 잊히는 것일까. K는 혓바닥의 각 부위에서 주로 수용하는 맛의 종류가 다르다고 표시되어 있던 교과서 속 그림은 선명히 떠올릴 수 있었다. 혓바닥 끝부분은 단맛, 가운데 좌우는 신맛, 혀 가운데는 짠맛, 혀뿌리에 가까운 쪽은 쓴맛. 그렇게 배우고 시험까지 쳤는데 나중에는 그게 사실이 아니라고 했다.

P의 말처럼 싸구려 와인이라고는 해도 얼마만큼 못 먹을 정도인지 K는 알지 못했다. 어릴 때 그런 나쁜 놀이에 심취하지 않았다면 벌레 냄새가 난다는 생각도 하지 않았을지 모른다. 아주 어릴 때만 알던 사람이라서 잊은 지도 모르고 있던 얼

굴을 다시 마주한 기분이었다. 물론 이제 K는 그런 잔인한 방식으로 곤충을 죽이지 않는다. 바퀴벌레는 약 때문에 죽은 게 아니라 익사한 게 아닐까 싶을 만큼 엄청나게 약을 뿌려대긴 하지만, 집으로 들어온 풍뎅이나 거미 같은 것은 전단지나 빈 플라스틱 통 같은 걸 이용해 잡은 뒤 바깥으로 놓아준다. 풀려날 때 놀란 듯 화들짝 달아나는 곤충을 볼 때면 자신이 좋은 일을 했다는 생각이 든다. 물론 이제껏 죽인 수를 만회하기엔 한참이나 모자랐다.

와인에서 벌레 맛이 난다고 투덜거렸지만 사실 K는 맛에 대해서 관대한 편이었다. 어릴 때 외가에 오랫동안 맡겨진 덕이었는지도 몰랐다. 그 산골 마을에서 주어진 것을 아무거나 잘 먹었고 탈이 나는 법도 거의 없었다. 수없이 과식을 했지만 소화는 사이다 한 잔이면 충분했다. 애초에 건강한 위를 갖고 태어난 것 같았다. K가 받은 가장 큰 복이었다. 속이 부대낀다거나 메스껍다거나 하는 감각도 잘 몰랐다. 음식도 웬만한 건 다 맛있게 느껴졌기에 맛있는 걸 먹겠다고 소문난 식당까지 일부러 찾아가는 부지런함도, 줄을 서서라도 반드시 먹고 말겠다는 의지도 잘 이해하지 못했다. 그렇게까지 해서 맛있는 걸 먹어야 하는 욕망은 뭘까? 물론 때에 따라 분위기가 좋은 식당을 예약하는 것은 이해했다. 거기에는 쉽게 눈에 띄는 질적 차이가 있었다. 그렇다고 아예 맛집을 찾아가지 않는 것은 아니었다. K는 기다리는 일을 잘했고 P가 가보고 싶다고 하면 한 시간이고 두 시간이고 줄을 섰다. 그렇게 해서 먹은 베이글이 다른 빵집의 그것과 어떤 식으로 다른지 잘 알아채지 못했을 뿐이다.

맛이 없다는 것은 K에게는 말 그대로 맛이 존재하지 않는다는 것과 비슷한 뜻이었고 그래서 웬만한 건 다 맛이 있을 수밖에 없었다. 그 어떤 음식도 맛은 존재했다. 짜거나 쓰고 달거나 셨다. 첫입에는 조금 낯설고 이질적인 향과 식감이 느껴지더라도 두 입째에는 그 맛에 익숙해졌고 세 입째에는 벌써 먹을 만해졌다. 가끔은 최고의 맛에 자신의 혀를 맞춰보려고도 했다. 여기가 제일 소문난 소곱창집이라는 거지? 그렇게 그 맛을 '맛있다'의 기준으로 삼는 것이다. 그럼에도 '맛있다'의 스펙

트럼은 자주 넓어졌다. 어쩌면 그러한 무던함 때문에 뭔가를 강하게 원하는 마음도 조금씩 마모된 것인지도 모르겠다. 굳이 최상의 것을 찾지 않아도 K는 손쉽게 만족했고 최고를 가져다줘도 그것을 알아보지 못했다. 그래서 종종 자신이 멋없는 사람이라는 생각도 했다. 매사 소극적이고 방어적으로 말한다는 인상을 준다는 얘기를 들었다.

"안 더워? 에어컨 틀어도 되지?"

P의 물음에 K는 고개를 끄덕이며 말했다.

"난 괜찮은데, 너 더우면 틀어."

K는 더위나 추위를 잘 타지 않았다. 외부 자극에 한없이 둔한 사람인지도 몰랐다. 그래도 K는 자주 사족을 달았다. 혹시라도 상대방이 자신을 배려한답시고 원하지도 않는 걸 자신에게 줄까봐, P가 K를 위해서 에어컨을 트는 것일까봐 자신이 지금 어떤 상태인지에 대해서는 꼭 말하려고 했다.

"근데 이렇게 차에 앉아서 술을 마셔도 되려나?"

K는 와인을 입안에 머금고는 구석구석 굴려가

면서 또 어떤 맛이 나는지를 찾아보았다. 죽어가는 무당벌레, 청포도, 알코올, 불에 아주 조금 그을린 쇠, 싹이 난 감자, 피망…….

"운전 안 할 건데 뭐."

바다 냄새와 비 냄새는 와인에서 나는 것인지 공기 중에서 나는 것인지 헷갈렸다. 창밖엔 비가 오고 바람도 제법 불었지만 차창은 닫혀 있었다. 물론 완전히 밀폐된 공간이 아닌 이상 냄새는 틈을 비집고 새어 들어왔다. 와인에서 바다 냄새와 비 냄새가 나는 것도 이상한 일이었다. 포도밭이 바다 근처에 있고 수확할 때나 병입할 때 비가 많이 왔다면 그런 냄새가 와인에 녹아들 수 있는 것일까? 설사 그런 게 가능하다고 해도 K는 자신의 후각이 그렇게까지 예민한 편이 아니라는 점을 떠올렸다. K는 비염이 있었고 가끔씩은 모두가 다 맡는 냄새도 가장 늦게 맡곤 했다. 그리고 지금 맡아진다고 생각하는 모든 냄새들이 진짜로 맡아지는 것인지 자신의 환후인지도 헷갈렸다. 모든 게 벌레의 냄새를 떠올리면서 이어지는 착각인 것만 같았다. 어쩌면 냄새의 시작이 와인이 아니었는지도 모른다. 차 안 어딘가 정말 벌레가 들어와 있다거나 와인을 들이켜려는 순간 마침 그 냄새가 코를 스치고 지나갔는지도.

"술 마시고는 운전석에 앉아만 있어도 안 되잖아. 차에서 자고 가려고 했다가 음주운전으로 걸렸다는 사람 기사를 본 적이 있어."

"난 안 마실 거라니까. 걱정되면, 비도 좀 그친 거 같은데 텐트로 옮길까?"

"거긴 쉰내 나."

"그래도 많이 날아간 거 같지 않아?"

P는 자신의 사정을 다 듣고도 선뜻 텐트를 빌려주겠다고 한 선배에게 느꼈던 고마움이 약간은 탓하는 마음으로 변하고 있다는 것을 깨달았다. 마지막으로 사용하고 제대로 세탁하지 않았다면서 분명 냄새가 날 거라고는 했었지만 이 정도일 줄은 몰랐다.

"비 와서 더 심해졌을 것 같아."

"안에 뭐 젖으면 큰일 나는 건 없지? 비가 새지는 않았겠지만 혹시 모르니까."

K는 텐트 안에 뭐가 있었는지 생각해보았다. 여

름 담요, 에어매트, 접이식 침대, 접이식 의자, 접이식 테이블, 접이식……. 텐트 안에 있는 것들은 뭐든 접는 것이거나 속이 텅 빈 것이었다.

"일기예보에서 금방 그친댔는데."

"저기 산 너머는 그쳤을 거 같아."

P가 몸을 앞으로 기울여 핸들에 가슴을 기댔다. 차창 밖 멀리 보이는 산은 능선이 완만하게 이어지다 중간이 동그랗게 솟아 있었는데 거기가 밤바위라고 했다. 깎아놓은 밤처럼 생겨서 그런 이름이 붙었다고, 휴게소에 들렀을 때 가지고 온 관광지도에 그렇게 쓰여 있었다. 두 사람이 있는 해변의 하늘 위는 구름이 시커먼 데 반해 산 너머는 조금 희부옇고 언뜻언뜻 푸른 하늘도 보이는 것 같았다.

"별 보는 건 영 틀린 것 같지?"

P는 먹구름이 걷힐 기미가 보이지 않는 하늘을 한참 동안 올려다보았다. 그러고는 금방 인정할 수밖에 없다는 듯 말을 이었다.

"아무래도 우린 덕을 많이 못 쌓았나봐."

접이식 화로, 랜턴, 아이스박스, 코펠, 버너, 모기약……. K는 다시 또 와인 한 모금을 입안에 머금고 자신이 죽인 곤충들을 떠올리고는 죄악감에 빠져들었다. 너무 많은 곤충을 죽였다. 그저 한순간의 재미로. 어쩌면 K가 마시는 포도주엔 진짜 벌레가 섞여 들었는지도 몰랐다. 포도나무에 벌레가 붙어 있는 것은 당연한 일일 테고 포도송이를 수확하고 세척하는 과정에서 모든 생명체를 세세하게 씻어낼 수도 없었을 것이다. 아니면 애초에 벌레에게서 나는 냄새가 식물에게서 왔던 것인지도 몰랐다. 일평생 식물만 먹는 벌레였다면 온몸에 그 냄새가 뱄을 것이다. 그게 자신의 냄새가 되었을 것이다.

K의 외할머니도 그렇게 말한 적이 있었다. 아주 오래 산 사람은 자신만의 냄새를 갖게 마련이라고. 아니다. 날 때부터 누구나 냄새를 갖지만 살다 보면 점점 더 자신에게 꼭 맞는 냄새를 갖게 된다고 했었다. 그러다 할머니만큼 나이를 먹으면 슬슬 그 냄새를 풍기게 된다고. 같은 공간에 앉아 있는 사람이라면 눈치챌 수밖에 없을 만큼 아주 풀풀.

와인을 쉬지 않고 연거푸 따라 마신 탓인지 K는 금방 취기가 올라와 의자에 기대 눈을 감았다. 태초에 냄새가 있었다. 기억 속 할머니가 말한다. 틀니를 담근 물그릇을 경대 앞에 놓으며 이가 없는 입으로 우물거린다. 그건 정말 고약한 냄새겠지. 맡아본 적 있는 사람처럼 고개를 절레절레 저으면서.

"헐, 아이패드!"

K가 갑자기 눈을 번쩍 뜨고는 차 문을 열고 텐트 쪽으로 향했다.

"우산 가져가!"

P의 외침에 K는 대충 손그늘을 만들어 달려가면서 외쳤다.

"됐어, 이 정도는!"

K의 말처럼 자동차 지붕을 두드리던 빗소리는 점점 잦아들고 있었다. P는 다시 한번 하늘을 올려다보았고 완전히 어두워지기 전에는 구름이 다 걷히지 않을까 기대했다. 오전부터 비가 내린 덕에 미세먼지도 다 씻겨서 밤하늘을 수놓은 반짝이는 별들을 볼 수도 있을 것이다. 비는 잦아들면서도 완전히 그치지는 않았고 두 사람은 시커먼 밤바다 구경만 실컷 했다.

＊

닷새 전에 K는 코로나에 감염되었다. K는 그게 점점 더 자신에게 다가오고 있음을 예감하고 있었다. 처음엔 그냥 뉴스로만 알았다. P와 나누었던 카톡 메시지를 검색해보면 그 바이러스에 대해 지금껏 어떻게 생각해왔는지를 고스란히 알 수 있다. 시작은 중국이었다. P는 중국을 욕했다. 해가 바뀌고 점점 확산세가 심각해지자 두 사람이 봄에 떠나기로 했던 태국 여행이 취소되었다.

감염자가 나올 때마다 동선이 고스란히 공개됐고 K와 P도 그들의 동선을 검열하며 욕을 했다. 이 시국에 단합회를 연다는 게 말이 돼? 확산세가 어느 정도 잦아든다고 생각했을 때 슈퍼감염자가 나타났다. K와 P는 또 그 사람을 욕했다. 복음이나 전파할 것이지 바이러스는 왜 퍼트린대? 집합하지 말랬는데 왜 또 모이고 난리래? 그게 현실을 견디는 가장 쉬운 방법이었다. 욕받이를 만드는 것. 어차피 어디에도 노출되지 않을 두 사람만의 대화방이니 아무 상관이 없다고 생각했는지도 모른다. P는 자신도 자칫 잘못하면 쉽게 욕받이가 될 거라는 생각을 자주 했고 절대 그런 상태가 되지 않기 위해서라도 더 자기 검열을 강화하며 살았다. 오히려 그 때문에 욕받이의 조건을 갖춘 사람들을 욕하는 데에는 거리낌이 없어졌다. 점점 사태를 악화시키기만 하는 것 같은 사람들의 선택을 K와 P는 도무지 이해하지 못했다. 하지만 그 사람들한테는 더더욱 신이 필요한 때가 아닐까? 멍청한 소리 하지 마. 그런 대화도 고스란히 다 남아 있다. 하지만 갓 학교에 입학한 아이들이 학교도 못 가고 집 안에만 틀어박혀 있어야 한다는 뉴스를 들을 때마다 점점 더 우울해졌다.

그래도 K는 처음 몇 달간 그다지 위기감을 느끼

지 못했다. 장거리 연애를 하고 있는 P가 서울에 살고 있어 걱정이 많이 됐지만 P의 회사는 금방 재택근무로 전환되었다. 그러고 나니 염려할 일이 없어졌다. 확진자가 많이 나오는 도시들은 K가 사는 곳과는 물리적으로 멀기만 했다. 사스 때도 메르스 때도 그랬었다. 뉴스에서는 아주 심각하게 떠들었지만 자신이 사는 시에 끼치는 영향은 미미한 편이었다. K는 뉴스에서 슬픈 소식을 보도할 때마다 조용히 애도하거나 후원단체에 기부금을 보내거나 했을 뿐이었다. 자신에게 비극적인 사건이 일어났을 때도 세상이 떠들썩해지지 않고 조용히 지나갔던 것처럼.

K는 코로나19 바이러스 역시 자신이 사는 도시까지 오기 전에 소멸해버릴 것이라 생각했다. 곧 백신이 개발되면 그저 감기를 앓는 것과 다를 바 없는 사소한 바이러스가 될 거라고 말이다. 서울에 사는 사람들이 모두 마스크를 쓰고 다닐 때도 K가 사는 시에서는 실외에서 마스크를 쓰는 사람이 거의 없었다. 다들 K처럼 생각했는지도 몰랐다. 그건 이곳까지 찾아오지는 않을 것이라고, 혹

시 온다고 해도 자신에게까지 올 리는 없을 거라
고. 하지만 이번 바이러스는 차근차근 숙주를 옮
겨가며 K에게까지 도착했다. 시에서 보낸 문자를
받고서 바이러스가 시의 경계를 뚫었다는 것을 알
았다.

시 1호 감염자는 주말 동안 서울에 사는 아들
의 집을 방문했고 고속버스를 타고 집으로 돌아왔
다. 고속버스를 함께 탔던 사람들도 모두 격리되
었고 그들의 동선이 모두 까발려졌다. 그래서 K는
자신이 자주 가는 반찬가게에 감염인이 방문했었
다는 사실을 알 수 있었다. 그다음엔 거래처 사람
이, 그리고 사촌 동생과 작은어머니가, 또 직장 동
료가, 고교 동창이, 어머니와 아버지가, 남동생이
감염되었다는 소식을 차례로 듣게 되었다. 와중에
서울에서 재택을 하던 P도 바이러스에 감염되었
다는 소식을 전해왔다. 그들이 감염되어 격리되고
다시 낫는 동안, 사망자가 점점 더 늘어나는 동안,
마스크가 생활필수품으로 익숙해지는 동안 K는
운 좋게도 바이러스를 피했다.

K는 뭔가 특별히 더 하지 않았고 덜 하지 않았

다. 그냥 운이 좋았을 뿐이다. 바이러스는 눈에 보이지 않았고 냄새도 나지 않아 그걸 피할 수 있는 확실한 방법은 없었다. K는 매일 버스를 타고 출퇴근했지만 마스크는 꼬박꼬박 썼고 제한이 풀린 다음, 식당에서 사람들과 대화하며 밥을 먹었다. 같이 식사를 한 사람이 걸렸는데도 K는 무사했다. 백신을 챙겨 맞은 덕이었을까. 어쩌면 감염이 잘 되지 않는 체질인지도 몰랐다. 평소 외출 후 손발을 씻는 일을 소홀히 해도 감기에 잘 걸리지 않는 편이었다. 무얼 먹어도 탈이 나지 않는 것처럼 바이러스에도 잘 감염되지 않는 건지도 모르겠다고 생각했다. 하긴 겨울에 감기에 걸리는 일도 거의 없었으니까. 그렇게 점점 자신의 행운을 과신했는지도 몰랐다. 난 정말 운이 좋은 것 같아. 타고난 건강 체질인지도 모르지. 그 신실한 믿음의 결과로 마침내 K도 코로나에 감염되었다. 사람들은 느슨하면서도 촘촘하게 연결되어 있었고 문자 그대로 서로의 숨을 공유하고 있었다. 공기 중에는 남들이 뱉어놓은 숨이 가득했고 K는 초 단위로 그것을 들이켰다. 아무런 냄새도 맛도 나지 않는다고 생각했던 그 숨들에 바이러스가 있었다.

며칠 징후가 있었다. 재채기가 났고 목이 조금 아팠다. 하지만 재채기는 늘 겪는 비염 알레르기 증상이었다. 마침 주말을 맞아 대청소를 한 다음 이었던지라 아무래도 먼지 알레르기 같은 게 도졌나 보다 생각했다. 온몸이 쑤시는 것도 오랜만에 땀을 흘리며 몸을 부지런히 움직여서라고 생각했다. 그날 P와 영상통화를 했을 때, P가 K의 목소리가 이상하게 들린다고도 했지만 피곤한 탓이라고 넘겼다. 하지만 알레르기 약을 먹어도, 하루 이틀이 지나도 차도가 없자 월요일 오후 반차를 내고 집으로 돌아와 자가진단키트로 검사를 했다. 두 줄이 뜨는 것을 보고 근처 병원으로 가서 받은 PCR 검사에서도 양성이 나와 7일간 자가격리를 해야 한다는 안내를 받았다.

확진 판정을 받자마자 코로나 증상이 한꺼번에 쏟아져 나오는 기분이었다. 그날 밤에는 목이 너무 아파 뭘 제대로 삼키지 못했다. 입맛이 없었지만 뭐라도 먹어야 더 빨리 회복된다며 P가 배달 어플로 시켜준 죽을 먹었다. 반찬으로 온 젓갈을 먹어도 쓴맛만 나고 별맛이 느껴지지 않았다. 한밤에는 잠들지 못할 정도로 기침이 나왔고 새벽녘에야 겨우 잠이 들었다. 내일 아침에 눈을 뜰 수 있을까 싶을 정도로 심하게 아픈 경험은 처음이었는데 다행히 그다음 날에는 별 증상이 없었다. 근육통이 조금 느껴지긴 했지만 지독한 폭풍우의 여파가 남아 있을 뿐이라는 기분이었다. 코로나는 K 개인에게는 큰 문제가 아니었다. K는 젊었다. K는 자신이 금방 모든 증상을 떨쳐내고 나을 것이라고 믿었다. 동선이 낱낱이 까발려지는 초창기에 걸리지 않은 게 천만다행이라는 생각이 들었다.

K에게 가장 큰 문제는 여행을 계획 중이라는 사실이었다. K는 P와 함께 그가 사는 지역 근처에 있는 해변으로 여행을 가기로 약속을 했었다. 그간 코로나로 함께 여행을 떠나기는커녕 얼굴도 자주 보지 못해서 이번에는 꼭 가기로 했었다. P가 서울에서 기차를 타고 내려와 K의 도시에 도착하면 차를 렌트해 돌아다닐 생각이었다. 그다음 주 주말 K가 또 서울로 가기로 해서 이번 바다 여행은 하룻밤으로 계획했었다. K에게는 여행이라기보다

는 그저 나들이 같은 느낌이었지만 먼 길을 오는 P를 위해 여행 코스를 꼼꼼하게 짜두었다. 만에 하나 계획한 일정이 어긋나더라도 모든 걸 웃어넘길 수 있을 최상의 컨디션을 준비해두려 했었다. 하지만 그게 바로 사흘 뒤였고 일주일간 자가격리를 해야 하니 떠날 수가 없었다. K는 조금 회복된 다음에야 여행을 취소하는 것에 대해 이야기를 나눌 정신이 들었다.

K는 반듯이 누워 휴대폰 거치대에 폰을 올려놓았고, P는 베개를 베고 누워 침대 위에 휴대폰을 세워두었다. 옆으로 누워 평소보다 더 펑퍼짐해진 것 같은 P의 코를 보자 K는 노곤해졌다.

"여행은 가자."

"어떻게 가."

"가면 안 돼? 나 너무 가고 싶다고."

"그러다 진짜 누구한테라도 옮기면 어쩌라고."

"조심하면 되겠지. 그리고 격리 1주라며."

"확진 받고 나서부터야."

"그래도 너 테스트를 너무 늦게 했어. 안 걸릴 거

라고 자신만만해하다가. 며칠 전부터 계속 증상은 있었잖아. 재채기도 하고 근육통에. 그날부터 따지면 여행 갈 때는 이미 보름도 더 지났을 때라고."

"제발⋯⋯."

"제발 뭐."

"또라이 같은 소리 좀 하지 마. 버스는 어떻게 탈래? 숙소는 어떻게 하고. 그리고 식당도 못 갈 텐데 밥은 어디서 먹어? 똥은 어디서 싸? 그게 조심한다고 될 문제야? 어차피 하룻밤인데 그냥 한두 주만 더 미뤄도 되잖아."

그래도 P는 이번을 놓치면 곧 일이 바빠져 주말 하루 이틀도 시간적으로도 체력적으로도 여유가 없을 것 같다고 했다.

"들어봐. 내가 생각을 해봤는데 우리 캠핑을 가는 거야. 아는 선배한테 텐트도 빌려놨어. 차는 오빠한테 빌리기로 했고. 여행 마치고 돌아와서 싹 소독하면 돼. 그리고 어차피 오빠는 튼튼해서 코로나 같은 거 안 걸려. 지금도 봐. 회사 사람들 다 걸렸는데 지 혼자만 안 걸렸대. 음식은 밀키트 같은 거 사 가서 해 먹으면 되고 차랑 텐트 안에만 있으면 돼. 다니는 데마다 소독약 뿌리고. 딱 하룻밤 이야. 우리 작년에도 재작년에도 같이 휴가 못 갔 잖아. 그래서 올해는 꼭 여름 바다 보기로 했고. 내 가 바닷가에 텐트 치기 좋은 데도 알아놨어."

"이거 진짜 계획적인 또라이네."

"그니까 가자, 제발."

그래도 여전히 문제는 남아 있었다.

"그래도 안 돼. 너는? 너 감염되면 어떡해."

"전에 한 번 걸렸는데 설마 또 걸릴까?"

"역시 한국인들은 안전불감증이 제일 문제 야……. 넌 골초니까 이번에 또 걸리면 그땐 죽을 지도 몰라."

"양지바른 곳에 잘 묻어줘."

"요새 누가 매장을 해. 납골당 알아봐줄게."

"죽어서라도 남향에 살아보고 싶었는데……."

"그럼 수목장으로 해줄게."

P는 말을 하면 할수록 K와 나누기에 적당하지 않은 대화 소재가 끼어들었다는 느낌을 지우지 못 했다. 그러니까 죽음에 대해서는 그날 이후로, S가 죽은 이후로 한 번도 K와 제대로 이야기해본 적이

없었다. 비슷한 주제가 나왔다 하더라도 금세 다른 이야기로 피해버렸다. 언제고 그런 날이 올 거라고는 생각했지만 K가 먼저 말을 꺼내지 않는다면 자신이 운을 떼기도 곤란했다. 무어라 운을 떼야 좋을지도 알 수 없었다. 하지만 언제까지 그래야 할까? 따지고 보면 죽는다는 얘길 먼저 꺼낸 사람도 K였고 이후 대화에 대한 반응도 태연했다. 농담이었으니까. 농담을 주고받고 나니 어쩌면 K도 어느 정도 안정을 찾은 것인지도 모른다는 생각도 들었다. 하긴 S가 죽은 지 벌써 5년이 지났다. 거기에 완전히 사로잡힌 채 살 수만도 없었다. 아주 느린 속도지만 낫고 있구나. 그 정도만이라도 다행이었다.

"너무 고마워, 정말…… 근데 진짜 괜찮아. 걸린다 해도 너한테 옮는 건데, 너한테 옮는 건 다 내 업보다, 하고 살아야지. 그리고 난 얼마 전에 3차까지 맞았잖아. 이번에 백신 효능을 한번 제대로 테스트해보자."

*

　와인 한 병을 다 비우니 사방이 더 어두워졌다. K는 약간 알딸딸해졌지만 겉보기에는 말짱했다. 안색도 그대로고 혀가 꼬이지도 않았다. 대신 숨을 내쉴 때마다 진한 술 냄새도 함께 풍겼다. 두 사람은 빗방울이 약해졌을 때 우산 하나를 나눠 쓰고 해변으로 걸어가 맨발로 돌아다니며 발자국을 남긴 것 외에는 계속 차에 앉아 있었다. 차에 앉아 라디오를 틀어놓고 크게 노래를 따라 부르기도 하고 잠깐 졸기도 했다.

　차를 세워두고 텐트를 친 곳은 제법 이름난 해수욕장의 방풍림이었다. 비가 와서인지 근처 다른 큰 해수욕장에서 행사를 하기 때문인지 사람이 거의 없었다. 둘에게는 오히려 잘된 일이었다. 바람이 많이 불어서 텐트의 쉰내는 거의 날아갔지만 뱀이 한 마리 들어와 있었다. 텐트로 돌아가 자려던 두 사람은 뱀을 발견하고는 기겁을 하고 다시 차로 돌아왔다. 어떻게든 잡아서 치워보려고도 했지만 엄두가 나지 않았다. 텐트에 여분으로 들어 있던 폴대를 들고 몇 번 시도를 하다 비명만 질러댔고 근처 텐트에서도 무슨 일인가 보러 와서는 도와주겠다고 나섰지만 비명만 지르고 돌아갔다. K는 독이 없는 뱀이라는 것만 확실하면 그냥 손으로라도 잡고 싶었는데 이빨을 드러내며 달려드는 뱀의 자세가 너무 사나웠다.

"빗소리 진짜 시끄럽다."

차 천장을 두드리는 소리가 신경 쓰여 큰 나무 아래로 차를 옮겼지만 오히려 간헐적으로 떨어지는 빗방울 소리가 너무 커 신경이 쓰이기는 마찬가지였다. 오랫동안 차에 앉아 있으려니 자세도 너무 불편했다. 벌레가 날아들어 창문도 열지 못했다. 바람이 통하지 않아 너무 습해져 에어컨을

틀었다. 의자를 뒤로 젖힐 수 있는 만큼 젖혔지만 좌우로 편하게 몸을 움직일 수도 없었다. 텐트에 모기장을 쳐놓고 바닷바람을 맞으며 누워 있으면 천막에 떨어지는 빗소리 같은 건 운치 있게 들렸을 것 같다는 아쉬움이 계속 들었다.

"어디 지하주차장 같은 데라도 들어가 있을까?"

"밤새 지하주차장에 있자고? 그거 너무 무서운데. 개방된 데도 없을 거 같고."

"미안해."

"뭐야, 갑자기. 됐어. 비 오는 게 네 탓도 아니고."

그래도 여행을 밀어붙인 건 P였다. K가 싫다고, 안 된다고, 차라리 미루자고 몇 번이나 말했지만 캠핑을 가자고 우겨댄 것도. 물론 결국 P의 말에 설득되어 마지막에 결정을 한 것은 K였으니, K는 P를 탓하고 싶지는 않았다. 그럼에도 점점 더 말이 곱게 나가지 않아 짜증이 섞이는 것을 P도 느꼈을 것이다.

"그냥 드라이브라도 좀 할까?"

"그래, 그러자."

K는 드라이브가 아주 내키지는 않았지만 P의 제안에 한 번쯤은 동의해야만 할 타이밍이라고 생각했다.

"텐트는 안 걷어도 될까?"

"딱히 훔쳐 갈 건 없겠지만 혹시 모르니 필요한 거만 차에 싣자."

"그냥 있어. 내가 가져올게."

"뱀 조심하고."

K는 고개를 끄덕이며 등받이를 조정했다. P는 텐트에서 아이스박스와 상자 하나를 들고나와 트렁크에 실었다. P가 다시 운전석에 앉아 안전벨트를 메고 핸들에 손을 올린 채 고개를 돌려 뒤를 한번 스윽 봤을 때, K는 그 옆얼굴을 보며 문득 P가 정말 드라이브를 원했던 것인지 궁금해졌다. 그냥 뱉는 대로 나온 수많은 선택지 중 하나일 뿐이었던 것은 아닐까? 오랫동안 주차해 있던 나무 아래에서 벗어나자 더 빠른 속도로 움직이기 시작하는 와이퍼를 보면서 K는 P도 드라이브를 원하지 않았을 것이라 생각했다.

구름이 잔뜩 껴 어두웠고 길도 익숙지 않은 데다 비가 그치지 않고 계속 내려 좀처럼 속도가 나지 않았다. 그래도 이제 대화 주제가 바뀌었다. 한곳에 머무르며 견뎌내거나 참아내야 할 것은 없었고 빠르게 스쳐 지나가도 될 것들만 있었다. 드라이브를 진짜로 원한 사람은 없었지만 아주 나쁘지만은 않은 선택이었다.

"저 아저씨 좀 봐, 우산도 없이 뛰어간다."

"그러게. 그래도 비 많이 안 와서 다행이야."

"옛날에 나 할머니 집에서 살 때, 시내에 놀러 나갔다가 비 오면 맨날 히치하이킹하고 그랬는데. 거긴 진짜 버스도 없었거든."

"진짜 큰일 날 짓만 하고 다녔네."

"다 동네 사람이고 할머니 친구고 그랬어."

"원래 아는 사람이 제일 무서운 법이야."

한동안 아무런 대화도 없이 라디오와 빗소리, 와이퍼 소리만 차 안을 채웠다.

"저 아파트 보여?"

P가 옆을 슬쩍 보며 K에게 말을 붙였을 때 K는 콧김을 훅 내뿜으며 대꾸했다.

"어? 뭐?"

"뭐야, 졸았어? 술 약해졌어, 너. 피곤하면 그냥 자."

"아니야, 괜찮아. 뭐? 저기 한 동짜리?"

"어, 저기 뭘까? 어두운데 이 시간에 불 켜진 집이 하나도 없어."

"그러네. 단체로 놀러 갔나?"

"저 많은 사람들이 다?"

"정전인가?"

"요즘 세상에?"

"전기세 넘 많이 나와서 불 꺼버렸나?"

"말도 안 돼."

K는 정답을 맞히려는 사람처럼 쉬지 않고 떠오르는 상황들을 말했지만 P는 모든 답안이 탐탁지 않은 듯했다.

"오늘 북극곰의 날 그런 거 아냐?"

"그게 뭔데?"

"환경보호 캠페인인데 다 같이 불 끄는 날."

"그런 거면 되게 단합력이 좋은 아파트네."

"북극곰의 날 아니고…… 어스 아워! 매년 3월

마지막 주 토요일이래. 진작 지났네."

K가 휴대폰으로 검색을 해보더니 자신의 말을 정정했다. 차는 점점 더 건물에 가까워졌다. K는 도대체 무슨 일일까 아파트를 더 자세히 보았다. 한 층에 여덟 세대 정도가 있는 걸로 보이는 10층 짜리 건물이었고 그쪽으로는 다른 건물도 가로등 도 없어 캄캄했다. 아파트 진입로에는 대형 덤프 트럭이며 버스들이 주차되어 있었다. 그때 P가 말 했다.

"나 알았다. 저기 현수막 봐."

P는 도롯가에 내걸린 현수막을 가리켰다. '도시 흉물 방치 말고 시에서 책임져라!' '공사 중단 건 축물 시급히 철거하라!' '1년째 무단 방치 청소년 탈선 부추긴다'

"그러네. 시공사가 망했나봐. 거의 다 지은 거 같은데. 그리고 보니 창도 없고 페인트칠도 안 한 것 같아."

"들어가볼까?"

"저길? 뭐 하러?"

"비 피할 데 있는지 한번 보자."

"짓다가 그만둔 데라는데 위험해."

"스릴 있잖아."

"넌 가끔 진짜 또라이처럼 굴더라. 술 취한 나보다도 더 또라이 같아."

"너 취한 거 맞아? 하나도 티 안 나."

운전대를 잡은 P는 K가 뭐라 만류하든 말든 아파트 쪽으로 향했다. 하지만 당연하게도 입구는 바리케이드로 막혀 있었다. '관계자 외 출입금지'라고 쓴 표지판도 세워져 있었다. K는 그 표지판을 보고 안도했다.

"막혀 있네."

하지만 차가 통과할 수 없을 뿐 사람이 지나가기에는 충분했다. P는 아파트를 한참 쳐다보더니 결심했다는 듯 말했다.

"저기 701호에 가보자."

"뭐?"

"나 늘 아파트로 이사 가서 701호에 살고 싶었어."

"그거랑 저 아파트에 가보는 거랑 무슨 상관이야."

"살아보기 전에 7층이 얼마나 살 만한 높이인지 예행연습을 해보는 거지."

"그걸 꼭 여기서 해야 해?"

"어차피 할 일도 없잖아."

"위험해. 엘리베이터도 없을 거고."

"걸어서 올라가야지. 가보자."

"진짜 가자고?"

P는 대답도 없이 차에서 내려 트렁크에 있던 장우산과 침낭을 들고 왔다.

"빨리 가보자니까."

"진짜 갈 거야? 침낭은 또 왜?"

"가서 보고 괜찮으면 저기서 자고 가자."

"또 또라이 같은 소리 하네……."

K는 투덜대면서도 차에서 내려 P가 받쳐 든 우산 아래로 뛰어 들어갔다. 계속 에어컨 아래에 있었는데도 P에게서는 땀 냄새가 났다. K는 척척하게 느껴지는 P의 팔뚝에 팔짱을 끼며 더 찰싹 달라붙었다.

"너 숨 쉴 때마다 술 냄새 장난 아니다."

"혼자 다 마시라며."

"그래, 내 업보지."

"우리 진짜 여기 들어가보는 게 맞아?"

현관에 가까워져서도 P는 조금의 망설임도 없이 불쑥 안으로 들어가려고 했다. P의 옷자락을 잡고 멈춰 선 K는 다시 한번 생각해보자고 말렸지만 P는 멈추지 않았다.

"근데 왜 하필 701호야?"

K는 계단을 오르느라 숨을 헐떡이며 물었다. 건물로 들어서자마자 P는 혼자 두세 계단씩 성큼성큼 올라가버렸다. 약간 거리를 둔 탓에 P는 소리를 치며 말했고 그 말이 짓다 만 텅 빈 건물 안에서 사방으로 반향되며 울렸다.

"러키세븐이라잖아."

"역시, 노잼 이유였어."

"그리고 한 번도 안 살아본 높이라서. 내가 반지하부터 옥탑방까지 다 살아봤잖아. 5층이 최고였거든."

"그런 거라면 이왕 사는 거, 더 높은 층수가 좋지 않을까?"

"근데 또 너무 높은 데는 좀 무섭잖아. 10층 넘

어가면 무서울 거 같고, 6층은 5층이랑 고만고만한 것 같아서 재미없는 거 같고 7층이 딱 좋아."

"그래, 나중에 7층에서 살자."

"나랑 같이 살 건가 보네."

K는 점점 더 숨이 차서 그 말에 바로 맞받아치지 못했다.

"너 운동 좀 해야겠다. 이거 가지고 헥헥거려?"

"아니, 나 평소엔, 안 이런데. 아무래도 코로나 때문에."

그 말에 P가 걸음을 멈추고 뒤처진 K에게로 달려왔다.

"와, 나 완전 까먹고 있었어. 너 너무 멀쩡해 보여서. 괜찮아? 그만둘까?"

사실 평소에도 K는 조금만 걸어도 헥헥거리는 편이었다. 그걸 P도 모르지는 않았다. 흡연자인 자신보다도 폐활량이 안 좋은 것 같다며 놀리곤 했으니까. 그래도 K는 병 핑계를 대자 바로 달려와주는 P가 좋았다.

"얼마나 남았어?"

"한 층만 더 올라가면 될 것 같아."

"그럼 가야지. 여기까지 와서."

P는 K의 뒤로 가서는 계단을 오르는 K의 등을 밀어주었다.

"좀 낫지?"

"어, 더 세게 받쳐줘."

"너 진짜 운동 좀 해라."

"뭐 할까? 헬스 다닐까?"

"뭐든. 장난 아니게 무거워."

아파트는 완공되지도 못하고 1년째 버려진 곳답게 곰팡내가 났다. 하지만 계단을 밟아 올라갈수록 그런 냄새들은 옅어졌고 빗소리도 점점 멀어졌다. K는 사방이 시멘트벽이라 회색뿐인 풍경도, 눅눅한 냄새도, 말할 때마다 이상하게 울리는 소리도 다 무섭게 느껴졌다.

"좀 무섭다, 그치?"

"돌아갈까?"

"넌 안 무서워?"

"나도 좀 무서워. 역시 네 말 들었어야 했나봐. 뭔가 좀 썩는 냄새 같은 거도 나지 않아?"

"난 잘 모르겠어. 코 막혔나봐."

"아까 술 마실 때는 벌레 냄새 난다 어쩐다, 잘
만 맡더니."

"여긴 곰팡이도 많잖아. 지금 알레르기 올라오
는 걸 거야, 아마."

"근데 진짜 여기 냄새 장난 아니다."

"아마도 애들이 놀다가 쓰레길 버리고 간 거 아
닐까? 여름이라 뭐든 잘 상할 테고 냄새도 잘 퍼지
고."

"아니, 그런 거 말고 더 지독한……."

"무서운 소리 하지 마."

K는 갑자기 상상력이 이상한 데까지 나아가서
몸서리를 쳤다. 여름이었지만 비도 오고 해가 지
니 약간 으슬으슬해지는 기분이었다. 아직 코로나
도 다 낫지 않았다. 그 바이러스를 아직 가지고 있
었다. 최악의 경우 누군가를 죽일 수도 있는 뭔가
가 자신이 호흡하고 말할 때마다 뿜어져 나온다는
생각을 하니 등골에 소름이 돋았다. P가 아무리 설
득을 해도 가만히 집에 있어야 했던 게 아닐까? 이
게 무슨 정신 나간 짓인가.

"우리 여기도 소독하고 떠나야 할까?"

"여기 누가 오겠어?"

"아까 현수막 못 봤어? 애들이 온대잖아."

"짓다가 말아서 창문도 없고 바람이 많이 불어서 괜찮을 거야. 그리고 너 아마 다 나았을걸. 아주 멀쩡해 보여."

"모르겠어."

"어디 아픈 데는 없지? 몸 괜찮지? 조금이라도 이상하면 바로 말해야 해."

"알겠어."

두 사람은 천천히 계단을 올라갔다.

"하, 아무리 생각해도 이건 진짜 또라이 짓인 것 같아."

K는 살면서 7층까지 걸어서 올라가본 적은 한 번도 없었다. 요즘은 2층에 갈 때도 가끔 엘리베이터를 탔다. 1층에서 지하 1층으로 갈 때는 무조건 엘리베이터를 탔다. 지하로 내려가는 계단과 지상으로 올라가는 계단은 그 질이 완전히 다른 느낌이었다. 조도와 습도가. 계단의 높이도 다른 것 같았다. 지하로 향하는 계단은 한 칸 한 칸이 더 높고 깊숙했다. 그래서 거기 머무는 시간을 조금이라도

줄이고 싶었다.

두 사람은 7층에 도착해 복도를 지나 완공이 되었으면 분명 거실이 되었을 곳으로 들어갔다. 베란다에 창틀도 창문도 없어 바람 소리가 세게 들렸다. 베란다에서 현관을 지나 복도까지 뻥 뚫려 있고 맞바람이 불어 더 시원하게 느껴졌다. 계단을 오르며 느꼈던 냄새는 거의 나지 않는 듯했고 경치도 아주 잘 보였다. 바다가 그리 멀지 않은 곳에 있었다. 주위에 다른 높은 건물이 없어서 시원하게 내려다보였다. 바다 위 작은 배들의 불빛도 보였다. 해안선 끝에서 솟아 나온 방파제에는 등대가 빛을 내고 있었다.

"저기 배들 좀 봐. 이 비에도 조업을 나가나?"

"그러게. 바람도 많이 부는데."

"오히려 바다는 잔잔한가?"

"더 심할 거 같은데. 파도치는 것까지는 안 보이네."

K는 내려다보이는 바다의 물결을 보고 싶어서 인상을 쓰며 수면 위에 시선을 고정해보았지만 어둠 속의 파도가 어떤 상태인지까지는 알 수 없었

다. 다만 비바람에 바다 냄새가 조금 섞여 있는 것도 같았기에 저곳에도 바람이 잔잔하지는 않을 것이라고만 짐작했다.

"원하던 대로 올라와 보니까 어때? 7층에서 살아도 될 것 같아?"

"너무 높나?"

"여긴 주변에 건물이 없어서 멀리까지 잘 보이니까 더 높게 느껴지는 것 같아. 서울에서 살면 이런 뷰는 없을 테니 별로 안 높게 느껴지지 않을까?"

"서울에서 이만한 아파트를 살 수 있을까?"

"언제는 집 사놓을 테니까 서울로 오라더니."

"그 말 믿었어?"

"아니. 네가 이쪽으로 오는 게 빠르다니까."

"갑자기 우울해지네."

K는 풀이 죽은 P의 모습에 농담이 안 먹혀 멋쩍다는 듯 하하 웃고는 말을 돌렸다.

"역시 둘이 살 거라도 방은 세 개는 있으면 좋겠다, 그치?"

"세 개나?"

"세 개나라니. 사람이 왜 이렇게 야망이 없어.

봐봐, 여기 큰방은 우리 침실로 쓰고. 저 방은 서재
로 쓰면 되지 않을까. 책상 하나씩 놓으면 딱 될 것
같아. 그리고 젤 작은 방은 옷방이나 손님방으로.
그게 아니면 방 하나씩을 각자 개인 공간으로 쓰
고."

K는 집을 보러 온 사람처럼 머릿속으로는 인테
리어까지 해보며 설명에 열을 올렸는데 P는 그런
가, 하고 심드렁하게 대꾸만 하더니 다른 소리를
했다.

"근데 여기 왜 망했을까? 완공됐으면 제법 멋
진 아파트였을 것 같아. 평수도 넓고 경치도 좋
고…… 이런 데서 살고들 싶어 할 텐데."

"운이 나빴겠지."

"넌 맨날 운 때문이라고 하더라."

"운칠기삼 몰라? 사람은 운이 거의 전부야."

K는 자주 운에 대해서 생각했다. 그런 것도 타
고나는 걸까? 운 나쁘게 죽은 사람에 대해서도, 그
러니까 외할머니에 대해서. 최근에는 S에 대해서
생각했다. 운이 좋았다면 죽지 않았을 수도 있었
을 텐데 왜 그렇게 운 나쁘게 죽어버린 것일까.

K는 S가 죽은 후 종종 유튜브에서 운 좋게 살아
난 사람들의 CCTV 녹화 화면을 찾아보곤 했다.
의식하고 한 행동은 아니었는데 우연히 한두 번
그런 영상을 보고 나자 자연히 그런 종류의 영상
들만 계속 추천되었다. 세상엔 운 좋게 살아남은
사람들로 가득했다. 그들은 정말 간발의 차로 질
주하는 자동차를 피하고 탈선한 기차를 피하고 떨
어지는 낙하물을 피했다. 심장마비로 쓰러졌는데
때마침 주위에 심폐소생술을 할 줄 아는 간호사
나 소방관이 있어 필요한 때에 적절한 조치를 받
았다. 정말 운이 좋아 보였다. 사람들도 모두 댓글
에 천운이다, 조상님이 도우셨다, 평생의 운을 다
썼다, 그런 말들을 남겨놓았다. 간발의 차로 불행
을 피한 사람들. K는 불행을 피하지 못한 사람들
의 동영상은 찾아보지 않았다. 그런 잔인한 걸 누
가 올려놨겠나 싶었지만 어딘가에 누군가 올려놓
았을지도 모른다는 생각도 들었다. 가끔, 사람들
은 남의 불행을 보며 자신이 무사하다는 것에 안
도하는 것 같았으니까. 내가 아니라서 다행이라고
생각하는 것도 같았으니까. K는 이 아파트에 불운

하게 얽힌 사람이 아주 많지는 않기를 바랐다. 아무리 생각해도 아예 없을 수는 없을 것 같아서 그저 최소한이기만을 바랐다.

"근데 역시 좀 으스스하긴 하다. 옛날에 뉴스에서 본 적이 있어. 어떤 유튜버가 버려진 건물에서 흉가 체험 같은 걸 하다가 노숙자 시체를 발견했다는…… 무섭지? 어, 저거 뭐지."

P가 휴대폰 플래시를 구석으로 비췄다. K는 그건 무섭다기보다 무척이나 슬픈 이야기라고 생각하면서 무심코 그쪽으로 돌아봤다가 비명을 지를 뻔했다. P도 K의 손을 잡고 천천히 뒷걸음질을 쳤다.

*

　가장 먼저 외할머니의 주검을 발견한 사람은
K였다. K는 엄마의 손에 이끌려 겨울방학이 시작
되자마자 또 외가에 맡겨질 참이었다. 고속버스를
네 시간 타고 또 마을버스로 갈아타서 한 시간을
더 갔다. 명절도 연휴도 아닌데 고속도로에서부터
차가 좀 막혔다. 한 시간에 몇 대 없는 마을버스도
엔진 고장으로 국도에 멈춰 섰다가 뒤따라온 버
스에 사람들을 갈아타게 했다. 마침내 마을 어귀
에 버스가 도착하고 하차 문이 열리자마자 K는 자
신이 잘 아는 시골길을 내달려 할머니 집으로 향
했다. 엄마는 양손 가득 짐을 들고 버스에서 내리

며 천천히 가라고 K의 등에 대고 외쳤다. 그 말에 괜찮다고 뒤를 돌아보고 대꾸하려던 K는 한 번 넘어졌다. 조심하라니까. 엄마가 다시 외쳤지만 K는 씩씩하게 일어났다.

평소라면 비탈길 끝에 서서 누가 오나 안 오나 내다보고 있을 할머니가 보이지 않았지만 대수롭지 않게 생각했다. 평소보다 좀 늦었으니까. 기다리다 밭에 갔을 수도 있고 깜빡 졸고 있는 것일 수도 있었다. 대문을 밀고 들어가 보니 현관에 할머니의 신발이 가지런히 놓여 있었다. 할머니가 잠들어 있는 거라 생각한 K는 놀래줄 작정으로 살금살금 걸어가 할머니의 신발 옆에 자신의 신발을 나란히 벗어두었다. 그리고 안방에 들어가 보니 할머니는 역시나 잠들어 있었다. 할머니! 하고 크게 불렀을 때 분명 옆으로 웅크려 누워 얇은 담요를 덮고 있던 할머니의 몸이 조금 움찔거렸다고 K는 생각했다. 그래서 얼른 그 곁으로 다가가 무릎을 꿇고 앉아서는 할머니의 어깨를 잡고 흔들었는데 할머니의 몸은 딱딱하고 아무 냄새도 나지 않았다. 할머니의 얼굴을 마주할 때면 늘 뜨뜻미

지근한 숨 냄새가 났는데 그 냄새가 나지 않았다. 몇 번이나 더 크게 어깨를 흔들며 할머니를 불렀지만 대답이 없었다. 틀니를 끼지 않은 채여서 입이 잔뜩 오므라져 있었다.

엄마는 짐을 들고 오느라 K가 한참이나 엉엉 울고 있을 때 도착했다. 의원도 소방서도 다 시내에 있어서 당장 부른다고 해도 한 시간은 걸릴 터였다. 이장을 불러 동네 사람의 차를 타고 가까운 병원으로 갔는데 역시나 한 시간이 걸렸고 할머니는 이미 숨이 끊어졌다고 했다. 하지만 숨이 끊어진 지 그리 오래되지는 않은 것 같다고 했다. K는 나중에 그날을 되돌아보며 현장에서 조치를 취했으면 살 수 있었을지도 모른다는 안타까움이 실려 있던 말이라고 생각했다. 왜 하필 그날 차가 막히고 버스가 고장 났는지, 왜 심폐소생술을 할 수 있는 사람이 가까이에 없었는지, 왜 그렇게 운 나쁘게 죽었어야 했는지 K는 그날에 대해 종종 생각했다. 하지만 할머니의 장례식장에서는 그래도 일찍 발견했으니 운이 정말 좋았다고 사람들이 수군거리는 말을 들었다.

K가 살면서 두 번째로 겪은 죽음이 S의 죽음이었다. S는 K가 전에 사귄 사람이었다. K와 S, P 세 사람은 20대 때 온라인 게임으로 만나 가까워졌고 K와 P보다 나이가 다섯 살 많았던 S가 먼저 연락을 해 모임을 주도할 때가 많았다. 처음에는 P와 S가 좀 더 친했다. K와 S가 사귄 뒤로는 전처럼 셋이 다 함께 어울리는 일은 조금 줄었지만 그래도 여전히 자주 연락하며 지냈다.

S는 자신의 생일날 죽었다. K와 P와 만나 생일파티를 하기로 한 레스토랑으로 가는 길이었다. 횡단보도 앞에 서서 신호가 바뀌기를 기다리다가 갑자기 돌진해오는 자동차에 치였다. 운전자는 자동차가 급발진했다고 주장했다. 횡단보도에는 세 명이 서 있었다. S가 죽기 직전의 CCTV 영상이 인터넷에 올라온 적도 있었다. S는 횡단보도 앞에 가만히 서 있지 않고 이쪽저쪽으로 걷고 있었다. 오른쪽 손을 귀 근처까지 올리고 있었던 걸로 보아 누군가와 통화를 하는 게 분명했다. S가 휴대폰을 주머니에 넣고 한곳에 멈춰 섰을 때 차가 CCTV의 앵글로 들어왔다. 통화 내역만 봐도 확인할 수 있

는 내용이니 가족들도 그 순간 S와 통화를 한 사람이 누구였는지 알았을 것이다.

K는 여전히 매년 S의 생일이나 기일이 돌아오면 납골당을 찾았다. P는 K가 S와 완전히 헤어지지 못한 거라는 생각을 종종했다. K는 드러내놓고 그를 그리워할 때도 있었다. 아무리 기다려도 오지 않는 S를 기다리던 그날처럼 계속 S가 오기를 기다리는 것만 같았다. 하지만 죽은 사람을 질투하는 건 말도 안 되는 일이다. 더군다나 S는 P의 친구이기도 했고, P도 S가 그리웠다. 다시는 만날 수 없는 사람을 향한 그리움이 자신 안에도 있었으므로 K를 이해하지 못할 수도 없었다. P는 K와 S의 연애를 가까이서 지켜봤고 S가 죽지만 않았다면 두 사람은 헤어지지 않았을 것이라고 생각했다. 그러니까 지금 자기가 누리고 있는 이런 행복은 S가 죽어서 가능해진 것이었다. 가끔은 그런 생각으로 괴로웠다. 자신도 모르게 그런 생각에 깊이 빠져들었다가 화들짝 놀라곤 했다.

*

　구석에 누워 있다가 K와 P의 인기척에 천천히 몸을 일으킨 사람은 고등학생 정도로 보이는 남자아이였다. 자신을 정조준하는 플래시에 눈을 찡그리며 "그거 좀 치워줄래요" 하고 말했다. 그 애가 깔고 누워 있던 은박 돗자리가 플래시 조명을 반사해 빛이 났다. 그 애는 그냥, 집에 들어가기 싫어서 하룻밤을 여기서 보내는 중이라고 했다.

　"그래도 학생, 여기 있으면 안 돼. 위험하잖아."

　"뭔 상관인데요."

　그 애는 갑자기 등장한 두 사람이 영 성가시다는 듯이 몸을 일으켜 스트레칭을 했다.

"그럼 그냥 저 집에 갈라니까 아줌마들도 가던 길 가세요."

그렇게 말하고는 계단 쪽으로 가려는 듯 P와 K 쪽으로 걸어왔다.

"가, 가까이 오지 마!"

"왜요? 제가 칼이라도 들었을까 봐서요?"

그는 과민한 반응을 보이는 K가 기가 찬다는 듯 코웃음을 치며 물었다.

"그런 게 아니라, 내가 코로나에 걸렸어."

K는 마스크도 하지 않은 채라 손으로 입과 코를 틀어막으며 말했다. 그 애는 그 말을 듣고도 별로 놀라는 기색 없이 고개를 끄덕이고는 한숨을 쉬더니 자기가 알아서 피해 가겠다며 코를 틀어막고 계단 쪽으로 성큼성큼 걸어갔다. 계단을 내려가려던 그 애가 문득 생각났다는 듯 고개를 돌리고는 물었다.

"근데 코로나 걸린 사람이 이렇게 돌아다녀도 돼요? 벌금 내야 하는 거 아니에요?"

그러더니 폰을 꺼내 관련 법을 검색하는 듯하더니 신이 나서 말했다.

"그렇네. 이거 보세요. 자가격리도 해야 하고 어기면 징역 살 수도 있다는데요?"

"코로나 걸린 건 맞는데 격리 기간이 딱 오늘 낮까지였어. 키트로 검사했을 때도 음성으로 떴고. 혹시 몰라서 조심하는 거야."

P가 나서서 거짓말을 했다.

"진짜요? 못 믿겠는데. 신고해도 돼요?"

"해. 신고해."

P가 그 애 쪽으로 한 발 더 다가가며 말했다. K는 P가 그 애를 도발하지 않았으면 했다. 십 대라지만 두 사람보다 머리 하나가 더 큰 남자애였고 이런 데서 자고 있는 것만 봐도 별로 무서울 게 없는 아이로 보였다. 먼저 자리를 피하는 것도 그저 성가신 일을 만들고 싶지 않아서인지도 몰랐다. 저 계단으로 내려간다고 해서 이 건물을 완전히 벗어날 것 같지도 않았다. 다른 층으로 숨어들면 집으로 갔는지 어디로 갔는지 알 수 없을 것이다.

"신고하면 너도 곤란해질 것 같은데."

그 애는 P의 말에 코웃음을 치더니 다시 계단을 올라왔다. K를 지나쳐서 천천히 P에게로 다가갔다. 그 곁에 서 있던 K는 다시 입과 코를 틀어막았다. 자신의 숨에서는 아주 유독한 것이 뿜어져 나올 거라는 듯이.

"제가 왜요?"

그 애는 K를 없는 사람 취급하면서 P만 노려보며 말했다.

"그건 네가 잘 알 테고."

"이런 데서 자고 있으니까, 어디서 사고라도 치고 다니는 놈이라고 넘겨짚으신 거 같은데요. 아니거든요. 진짜로 그냥 사정이 있어서 집에 들어가는 건 죽어도 싫고 남들한테도 신세 지기가 싫은 것뿐이에요."

K는 그 애가 크게 손을 휘두르며 목소리를 낼 때마다 희미한 개 냄새가 난다고 생각했다. K는 개와 함께 산 적은 없지만 늘 개를 키우고 싶어 했다. S는 개를 키웠었다. 유기견을 데려온 거라 품종은 알 수 없었고 이름은 말리였다. 겨울이면 S의 스웨터에서는 개 냄새가 났다. 아주 가까이 다가가지 않으면 눈치채지 못할 정도로 은은하게 배어 있는 냄새. 야외에 있을 때나 날이 추울 때는 거

의 알아채지 못했고, 공기가 잘 안 통하는 실내에
서나 어느 정도 따뜻한 공간에서만 맡아졌다. 너
한테서 말리 냄새 난다. 그렇게 말하면 S는 스웨터
를 코까지 끌어당겨서 개처럼 킁킁거렸다. 진짜?
난 모르겠는데. 그건 네가 말리랑 한 공간에서 살
아서 그런 거 아닐까. 그건 거의 네 냄새가 되었을
테니까. 사람들은 자기 냄새는 잘 모르잖아. 많이
나? 많이는 안 나고 가까이 가면 아주 조금. 어때?
뭐가? 냄새 말이야. 고소해. S에게서 나는 개 냄새
는 유약한 털짐승들을 떠올리게 했다. 몸을 아주
작게 웅크려 동그랗게 말고서야 잠이 드는 짐승
들. 누가 밥을 먹여줄 때까지 기다릴 수밖에 없는
존재들.

"근데 너, 밥은 먹었어?"

그 애는 K의 질문이 영 뜬금없다는 듯 코웃음을
한번 치고는 대답을 하지 않았다. S에게서 나는 개
냄새는 보호받은 존재들이 풍기는 냄새였다. 그
애에게서 나는 개 냄새는 비릿했다. 외가가 있던
동네에서 키우던 개들에게서 나는 냄새 같았다.
주로 마당에서 목줄을 채워놓고 키우던 개들.

"우리 차에 먹을 게 좀 있어."

여전히 코와 입을 손바닥으로 감싸 쥔 채 K는 차에 있는 먹을 것들을 떠올렸다.

"차에 먹을 거 없어."

P가 도대체 무슨 속셈이냐는 듯 K를 노려보며 말했다.

"그렇네. 생각해보니까 당장 먹을 건 없네."

죄다 밀키트 제품들이라 조리를 해야 했고 당장 먹을 수 있는 것은 천도복숭아뿐이었다. 그걸 좋아하는 건 K였다. K는 특히 천도복숭아의 껍질을 좋아했다. 잘 익은 천도복숭아의 껍질을 벗겨 입에 넣어서는 앞니로 잘근잘근 씹기도 했다.

"넌 배 안 고파? 치즈랑 육포만 주워 먹고 저녁을 뭘 제대로 먹질 못했잖아."

금방이라도 비가 그칠 것 같아서 비 그치면 고기를 구워 먹자, 하고 계속 미루기만 하다가 결국은 먹지 못했다.

"이따가 텐트 가서 고기 구워 먹자. 타프도 쳐놨으니까 이 정도 비는 괜찮잖아."

"난 지쳤어."

"내가 구워줄게. 야, 암튼 넌 신고하든가 말든가 알아서 해. 우리가 먼저 갈 테니까."

P는 그 애에게 외치고는 K의 손을 잡고 계단 쪽으로 갔다. K는 왠지 걸음이 떨어지지 않아서 그 애를 돌아보았다. 오른쪽 손에 쥔 폰은 화면이 꺼지지 않아서 빛을 내고 있었다. 그것 말고는 티셔츠에 청바지 차림의 아이는 아무것도 가진 게 없어 보였다. 두 사람이 떠나면 다시 원래 있던 곳으로 돌아가 자리를 잡고 웅크려 누울 것만 같았다.

"같이 고기 먹으러 갈래?"

"아, 왜 이래, 진짜."

K의 말에 P가 손을 놓으며 짜증을 잔뜩 냈다. K도 자신이 왜 그러는지 몰랐다. 늘 또라이같이 구는 건 P라고 생각했는데. K는 그렇게 물으면서도 당연히 그 애가 거절할 것이라 예상했다.

"신종 납치 같은데."

K의 예상대로 그 애는 도저히 못 믿을 사람들이라는 말투로 물었다.

"뭐 하는 사람들이에요? 이 시간에, 여긴 도대체 뭐 하러 올라왔어요?"

"네 말대로, 정확히 무슨 사정인지는 모르겠지만 너가 집에도 못 가고 밥도 제대로 못 먹었을까 봐 그냥 한 끼 먹여주려는 거야."

P가 K에게 뭐라고 따지지는 못하고 표정과 제스처만으로 황당하다는 내색을 하는 사이 그 애가 입을 열었다.

"그럼 여기로 배달시켜 주세요."

K는 자신이 코로나에 걸린 상태라는 걸 다시금 떠올렸다. 같이 차를 타고 이동한다는 건 말도 안 되는 일이었다.

"그러고 보니 그렇네. 내가 아주 큰 실수할 뻔했네. 옮을지도 모르는데."

"다 나았을 거라면서요. 그리고 전 괜찮아요."

"괜찮긴 뭐가 괜찮아."

"저도 코로나 걸렸거든요."

"뭐 진짜? 근데 왜 여기서 이러고 있어?"

"할머니랑 같이 살아요. 병원에서는 집에 가서 격리하라는데 저희 집에 방이 하나라서 저 혼자 있을 데도 없고요. 할머니는 너무 나이가 많고요."

"병원에라도 가 있지."

"이젠 내 돈 내야 되는 거 아니에요?"

"아냐, 입원비랑 지원금 아직 나올걸?"

"저도 이제 일주일 지났어요. 근데 여기 차 타고 오셨어요? 술 냄새가 장난 아닌데."

"운전은 내가 했어."

"오, 그럼 차에 가서 먹죠."

"아니야. 우리 캠핑 온 거거든. 근처에 텐트를 쳐놨어. 거기 가서 먹자."

"진짜 저 납치하는 거 아니죠?"

"그럴 사람들로 보여?"

"이마에 써 붙이고 다니는 건 아니잖아요. 근데 여긴 진짜 왜 오셨어요?"

"얘기하자면 좀 긴데."

"그럼 안 하셔도 돼요. 텐트로 가요. 저 정말 가도 괜찮죠?"

그 애는 P의 동의를 구하려는 듯 P를 돌아보며 물었다. P는 운전을 자신이 했다고 나설 때 빼고는 아무 말도 하지 않았고 지금 상황이 썩 내키지도 않는 표정이었다. K가 혼자 결정해버린 것에 대해서도 짜증이 난 듯했다. 하지만 K의 짐작처럼 그 애는 밥도 제대로 먹지 못한 것처럼 보였고 집에 돌아갈 수도 없어 노숙을 해야 하는 상황이었다. 그런 걸 다 알아버린 다음에는 그냥 모른 척 지나기도 싫었다. 결국은 고개를 끄덕일 수밖에 없었다.

"삼겹살 좋아해?"

"오, 한국인이라면 역시 삼겹살이죠."

"근데 음식 좀 모자라지 않을까? 우리 거의 다 2인분씩만 사 와서."

K는 P의 동의를 구하지 않은 것에 대해서는 나중에 사과를 해야겠다고 생각했다. 물론 자신이 우긴 대로 될 것을 알고 있었다. P는 늘 K에게 동의를 해주었다.

"그럼 뭘 좀 더 포장해 가자."

"우리 셋 다 사람 접촉하면 안 될 것 같은데."

그 애가 시선은 휴대폰으로 고정한 채 말했다.

"친구가 바로 픽업해줄 수 있대요. 포장 주문하고 이 밑에 가져다 달라고 하면 돼요."

"그럼 그렇게 하자. 뭘 살까?"

세 사람은 약간 옥신각신한 끝에 곱도리탕을 주문하기로 했다. 그애가 조심스럽게 부탁을 해서

공깃밥도 두 개 더 추가했다. 한 시간이 지나서야 음식이 도착했다는 카톡이 왔고 세 사람은 7층에서부터 1층을 향해 천천히 내려갔다.

6층쯤 왔을 때 오토바이가 크게 경적을 울리며 떠나는 소리가 들렸다. 올라올 때보다 더 어두워져서 세 사람 다 플래시를 켜고 아주 천천히 걸음을 내디뎠다. 그 애는 3층에서부터 얼큰한 냄새가 나는 것 같다며 호들갑을 떨었다. K는 아무런 냄새도 맡지 못했고 P도 마찬가지였다.

음식은 바닥이 넓적한 종이가방 안에 담겨 있었는데 식당의 봉투는 아니었다. 세 사람이 주문한 곱도리탕 말고도 편의점에서 샀을 과자 몇 봉지와 휴대폰 보조배터리, 자가진단키트가 함께 있었다.

차를 타고 텐트로 돌아왔을 때에야 K는 텐트 안에 뱀이 있었던 것이 떠올랐다.

"걔 갔을까?"

"가지 않았을까?"

"누가요?"

"뱀이 있었어."

"네? 뱀이요?"

그 애는 화들짝 놀랐다. 살면서 뱀을 실제로 본 적이 한 번도 없다고 했다. 아니, 딱 한 번 유치원에 다닐 때 동물 체험을 한답시고 온갖 동물들을 유치원으로 데려온 날 커다란 뱀을 본 적이 있었는데 그 뱀은 너무 조련사의 말을 잘 들어서 살아 있는 것 같지도 않았다고 했다.

P가 먼저 차에서 내려 텐트 쪽으로 걸어가면서도 주변을 두리번거렸다. 마침 근처 텐트에 있던 사람이 지퍼를 내리고 고개를 내밀더니 P를 향해 "뱀 갔어요!" 하고 외쳤다. 트렁크에서 아이스박스를 다시 꺼내 든 K와 그 곁에 서 있던 그 애도 그 말을 들었다. P는 챙겨줘서 감사하다고 고개를 숙여 인사했다.

"다행이다."

"진짜 다행이네요. 저 여기 이런 캠핑장이 있는 줄 처음 알았어요. 다들 모르나 봐요. 사람이 거의 없네요."

비는 여전히 내렸지만 많이 오지는 않아서 오히려 덥지 않고 적당히 선선했다. K와 그 애가 텐트에 도착했을 때 P는 접이식 화로와 테이블을 펼치다가 무언가 깨달은 사람처럼 외쳤다.

"의자가 모자라!"

텐트 안에 있는 것은 거의 모두 접이식이었고 거의 모두 2인분이었다.

"저는 대충 바닥에 앉아도 되는데요."

아무리 텐트를 뒤져도 의자로 쓸 만한 것이 없었다. 세 사람은 근처에 다른 사람에게 빌리는 것도 옳지 않다고 판단했다. P와 K가 의자에 앉았고 그 애에게는 텐트 안에서 먹으라고 했다. 곱도리탕을 작은 스텐 그릇에 덜어 공깃밥 하나와 함께 주었고 필요한 게 있을 때마다 말하라고 했다. 그 애는 곱창을 먹어보는 게 이번이 처음이라고 했다.

"입에 안 맞으면 어떡할래?"

"그럼…… 삼겹살을 저에게 양보해주시면 되지 않을까요?"

"너 넉살 좋다."

혹시 또 벌레 같은 것이 들어갈지도 모르니 방충망을 꼭 잘 치고 있어야 했다. 그 애는 혼자 텐트에 앉아 구경만 하는 걸 미안해하면서 텐트 안 방충망 앞에 가부좌를 틀고 앉았다.

"맛있다!"

그 애는 곱도리탕을 먹으며 두 사람이 고기를 굽는 풍경을 내다보았다. 한 그릇을 다 비우고는 더 달라는 말은 하지 않고 텐트 안을 둘러보는 듯 했고 에어매트를 한번 눌러보더니 그 감촉에 놀란 듯 탄성을 질렀다. K는 그 소리를 들으면서 아주 짧은 시간 동안 그 애가 누워 있었던 장소를 떠올렸다. 그리고 얼마나 제대로 씻지도, 옷을 갈아입지도 못했을지 추측해보았다. 시멘트 바닥이 얼마나 차가웠을지도.

"근데 넌 왜 7층에서 자고 있었어?"

K가 텐트 안쪽을 향해 묻자 그 애는 다시 방충망 앞쪽으로 와 가부좌를 틀고 앉아 대답했다.

"1층은 덥고 벌레가 많아요. 가끔 개나 고양이도 드나들고, 쥐도 봤어요. 2층까지도 좀 덥고, 3층부터 5층까지는 담배 피우러 오는 애들이 많고요."

그 말에 P는 오늘 하루 종일 담배를 거의 피우

지 않았다는 사실을 떠올렸고 당장이라도 한 모금 빨고 싶은 마음이 들었다.

"6층은…… 그냥 제가 짝수를 별로 안 좋아해 요. 근데 7은 러키세븐이잖아요."

그 말을 듣고 K는 저도 모르게 박장대소했다.

"누구랑 똑같네."

P도 킥킥 웃고 있었다.

"피곤하면 밥 좀 먹고 거기 매트에 누워 있어도 돼."

K는 P와 눈을 마주치며 자신이 한 말에 대해 동 의를 구했다. P도 고개를 끄덕였다.

"진짜요? 저 엄청 더러운데."

"우리도 마찬가지야."

"그럼 지금 잠깐 좀 누울게요. 이불은 안 덮어도 돼요. 와, 진짜 폭신하다."

그 애는 한참이나 텐트 안의 것들에 대해 감탄 을 늘어놓았다. 자기 방보다 더 좋다며 여기서 살 아도 되겠다는 말까지 했다. 그러다 곧 잠잠해졌 고 밥보다 잠이 고팠는지 코 고는 소리가 작게 들 렸다.

"먹고 바로 누워도 되나?"

"젊잖아. 누구랑은 다르지."

"역류성식도염 걸릴 텐데. 어릴 때부터 관리해야 하는데."

"남 걱정 말고 너나 잘해. 헬스 꼭 다니고."

두 사람이 삼겹살 한 판을 구워 먹고 난 다음에야 그 애는 잠에서 깼다. K는 그 애 몫으로 구운 삼겹살이 다 식기 전에 깨어나 다행이라고 생각했다.

"곱도리탕도 많이 남았어. 더 먹고 싶으면 말해. 데워줄게."

그 애는 텐트 밖으로 나와 기지개를 켜더니 물부터 찾았다. 물 한 컵을 쉬지 않고 단번에 들이켠 다음 손등으로 아무렇게나 입가를 훔쳤다.

"감사합니다. 그럼 곱도리탕 좀 더 먹을게요. 며칠째 뜨끈한 게 먹고 싶었거든요."

처음 봤을 때와는 다르게 붙임성 좋게 대답을 하고 예의를 갖춰 인사하는 그 애의 모습에 P는 금세 마음이 다 풀렸다.

"아깐 너무 날 새워서 미안했어."

"괜찮아요. 저도 죄송했어요. 사실은…… 협박

해서 돈 좀 뜯어볼까 했었거든요."

"뭐?"

"반성 중이에요."

"반성하면 다야?"

"안 하는 것보다는 낫잖아요?"

"그렇긴 하지만…… 그것도 하다 보면 버릇돼."

"반성이 버릇이 된다고요?"

말꼬투리를 잡는 것처럼 느껴지는 그 애의 말투에 P는 피곤해졌고 마음이 다 풀렸다고 생각했던 것을 다시 취소하고 싶어졌다.

"아직 애잖아. 반성하면서 사람 되는 거지."

"제가 아직은 사람이 아닌가 봐요."

"그냥 고기나 먹어."

K는 P의 말을 알 것도 같았다. 반성할 때는 잘못된 것을 바로잡을 수 있을지도 모른다는 생각이 든다. 처음의, 아무런 문제가 없던 상태로 완전히 돌아갈 수는 없겠지만 다시 새롭게 시작할 수는 있으리라고. 잘못된 것들을 하나씩 고쳐나가면서 이제부터는 제대로 해낼 수 있겠다는 예감에 휩싸이기도 하는 것이다. 전과 같지는 않겠지만 전보

다 더 나은 사람이 될 수도 있다, 그런 기분이 삶을 견뎌내는 힘이 되기도 한다. 때론 죄악감이 달콤하게 느껴지는 이유였다.

"근데 아까 거긴 왜 공사가 중단된 거야?"

"아, 그거."

"알고 있어?"

"저주를 받았다던데."

"저주?"

"얘기하자면 좀 긴데. 요약하자면 그런 거예요."

그 애는 자세히 이야기하기가 영 성가시다는 듯 그렇게만 말했다. 저주라고. 그 말에 P는 코웃음을 쳤다.

"너 고2랬지? 그럼 2000…… 5년에 태어난 건가? 암튼 2000년대에 태어났으면서 그런 걸 믿어?"

그 애는 답답하다는 듯 한숨을 내쉬더니 말했다.

"2006년이요. 밥 다 먹고 얘기해줄게요. 누구나 다 저주라고 생각할 만한 이야기예요."

그 애는 입안에 쌈을 욱여넣은 채로는 도무지

말을 하고 싶지 않다는 듯이 이야기를 잠시 뒤로 미뤘다.

"그래, 일단 먹어."

K는 누구나 다 저주라고 생각할 수 있는 이야기에는 어떤 것이 있을까 상상해보았다. 그렇게나 악독하게 운 나쁜 이야기는 듣고 싶지 않다고도 생각했다. 하지만 늘 호기심이 이기는 법이다.

그 애는 식사를 마친 후 뒷정리는 자신이 하겠다며 팔을 걷어붙이고 나섰다. 테이블이 조금 정리된 다음에 K는 잠깐 기다리라고 하더니 해변으로 가서 스티로폼 부표 하나를 주워 왔다. 그 애는 부표에 앉은 채로 K와 P가 기다렸던 이야기를 시작했다.

원래 그곳에는 모감주나무 군락지가 있었다. 그 애는 모감주나무가 어떻게 생겼는지는 본 적이 없어서 모른다고 말했다. 모감주나무라는 이름을 처음 들은 것도 군락지의 나무들이 모두 다 잘려 나가고 난 다음, 공사가 반년 정도 진행된 이후였다고 했다. 한창 공사가 진행되던 중에 사람이 한 명

죽었다. 비계발판이 무너져 추락한 것인데 지역신문에 작게 기사가 났고 공사는 다음 날 바로 재개되었다. 지역의 인터넷 카페에서는 수십 년 된 나무를 함부로 베어버리니 이런 일이 일어나는 거라는 글이 올라왔다. 옛날에는 그 숲에서 제사를 지내는 일도 많았다고 했다. 그건 다 미신을 믿을 때나 가능한 소리지 21세기에 그런 헛소리를 퍼트리지 말라는 글도 올라왔다. 사람들은 결론을 내지 않고 한참 다투었다. 그 이후로도 공사는 계속되었고 지난해 공사가 완전히 멈출 때까지 사람은 두 명 더 죽었다. 공사가 중단된 다음에는 작업반장이었던 사람이 자살을 했다. 잘못된 투자로 가진 재산과 대출로 받은 돈까지 다 잃은 작업반장의 죽음과 공사는 아무런 상관이 없었지만 사람들은 그것도 다 저주라고 말했다.

"그러니까 나무가 내린 저주라고?"

"네, 그렇다네요."

"그 저주를 왜 일하는 사람들이 받아?"

"거기서 일을 했으니까요."

P는 그 애의 이야기가 영 마음에 안 든다는 듯

계속 딴지를 걸고 싶은 눈치였지만 이내 입을 다물었다. K도 그 말을 믿지 않는 건 당연했고 사람들의 죽음과 저주를 한데 묶는 발상 자체도 마음에 들지 않았다.

K의 남동생도 건축 현장에서 일한 적이 있었다. 입대하기 전 돈을 좀 벌겠다며 나선 일이었는데 작은 빌라를 짓는 공사장이었다. 여름에 일을 마치고 집으로 돌아온 남동생의 몸에서는 땀 냄새와 흙먼지 냄새와 기름 냄새 같은 것이 뒤섞여 났다. 그저 열심히 일한 것뿐이었다. 현장에는 제대로 된 샤워 시설이 없으니 근처 사우나에 들르지 못하면 그 냄새를 고스란히 풍기며 집까지 돌아와야 했다. 갈아입을 옷을 챙겨 가 사우나에 들러 씻었다고 해도 동생의 옷이 든 가방에서는 일하며 밴 땀 냄새가 풍겼다. 그때는 K도 가족과 함께 살 때여서 귀가한 동생에게 냄새가 난다며 빨리 씻으라고 등짝을 때리곤 했다.

"그게 이유가 돼?"

"사람들 말이 그랬다고요. 근데 어차피 완공됐어도 들어와서 살 사람도 없었을 거예요."

"왜?"

"다 서울에 가서 살려고 하지, 누가 이런 데 와서 살아요. 차라리 펜션이나 짓지. 저도 졸업하면 바로 서울로 가려고요. 서울에서 오셨죠? 말투가."

"응, 서울에서 왔어. 근데 저주 때문에 죽는 사람은 없어."

"저도 알죠."

21세기에 그런 걸 진짜로 믿는 사람은 없을 거라고 K도 P도 믿었지만, 그 애도 그렇다고 말은 했지만, 그 소문은 숨겨진 비밀처럼 도시를 떠돌았다. 보통은 죽음은 까맣게 잊히고 공사는 완료되기 마련이지만 대표가 부도를 내고 중간에 사라져버렸다고 했다. 대표 역시 죽었다거나 해외로 도망가버렸다는 소문도 있었다. 누구도 명쾌한 답을 내놓지 못해 저주를 받았다느니 하는 이상한 소문만 남았다.

K가 남동생의 등을 때리는 일을 멈춘 것은 어느 날 식당에 갔다가 근처 건축 현장에서 일하는 듯한 사람들과 만난 다음이었다. 직장 동료와 함께

점심을 먹으러 간 백반집이었다. 그 식당은 가격이 저렴하고 반찬도 매일 종류별로 푸짐히 잘 나와서 한 달 선결제를 해놓고 식사를 하는 직장인들이 많은 편이었다. 그날은 평소보다 조금 이르게 식당에 도착했는데 근처 공사 현장에서 일하다 온 듯한 사람들이 밥을 먹고 있었다. 멀찍이 떨어진 곳에 자리를 잡고 앉아 밥을 먹던 중에 동료가 그 사람들이 앉아 있는 테이블을 눈짓하며 목소리를 낮춰 말했다. 냄새 진짜 역겹지 않아요? 그때 K는 바로 남동생을 떠올렸다. 그 사람들에게서는 퇴근하고 집으로 돌아온 남동생에게서 나던 것과 아주 비슷한 냄새가 났다. 남동생이었다면 등짝을 때리고 얼른 씻고 오라고 말했을지도 모른다. 냄새는 물론 역겨웠다. 하지만 그런 평가를 다른 사람과 공유해야 할 필요는 전혀 없었다. 따뜻한 물에 잘 씻기만 하면 금방 날아가버릴 냄새였다. K가 애매하게 웃고 있을 때 사장이 계란찜을 가져다주면서 원래 점심 전에 일찍 와서 먹고 가는 사람들인데 오늘은 좀 늦었다고 양해를 구했다. 그리고 얼마 있지 않아 그 사람들은 식사를 마친 후

자판기 커피 한 잔씩을 뽑아 들고 이를 쑤시며 가게를 떠났다.

그날 저녁 남동생도 그런 냄새를 풍기며 집으로 돌아왔다. K가 뭐라 잔소리를 하기 전에 곧장 화장실로 들어가더니 하루 종일 자신의 몸이 풍긴 냄새와 몸에 밴 냄새를 박박 씻었다. 저 사람 몸에서 나는 냄새가 너무 역겹지 않으냐고 사람들이 수군거리는 소리를 남동생도 들은 적 있을까. 현관에 벗어둔 동생의 안전화에서도 냄새가 났다. K는 신발에 탈취제를 뿌려 베란다에 두었다.

"잠은 어디서 잘 거야? 다시 거기로 갈 거야?"

그애는 P의 질문에 고민을 하더니 친구가 준 종이가방에서 자가진단키트를 꺼냈다.

"거긴 더는 가기 싫어졌어요."

"왜?"

"가고 싶은 게 더 이상하지 않아요?"

"갈 데가 있어?"

"없죠. 집에 가고 싶어요."

그 애는 크게 심호흡을 하더니 키트에서 꺼낸

얇고 긴 면봉으로 코를 깊숙이 찔렀다. K는 긴 면봉이 아주 깊숙한 데까지 들어가는 감각이 되살아나는 듯해서 자신도 모르게 코끝을 찡그렸다.

검사 결과는 음성으로 나왔다. 그 애는 기쁜 듯이 어딘가 전화를 걸었고 얼마 뒤에 오토바이가 도착했다.

"두 분도 무사히 돌아가세요."

"그래, 조심히 가."

그 애가 오토바이를 타고 떠난 다음 P가 K에게 물었다.

"너도 검사해볼래?"

키트는 2회분이었다. K는 잠깐 고민했지만 고개를 저었다.

"내일이면 집에 갈 건데, 뭘."

*

다음 날 아침, 텐트에서 깬 K는 뭔가가 달라져 있다는 것을 느꼈다. 처음에는 낯선 데서 잠에서 깬 탓이라고 생각했다. 그건 자주 있던 일은 아니었으니까. 잠들면서 자신이 어디에 있는지를 잠깐 잊고 언제나처럼 방에서 깰 거라고 기대했다가 그게 아니라는 것을 알아차리고 잠깐 놀랐을지도 모른다고. 그래서 텐트의 지퍼를 내리고 밖으로 나와서도 한동안 멍하니 바깥 풍경을 보았다. 비는 그쳐 있었다. 공기는 한층 더 쾌청해져 있었고 크게 숨을 들이쉬자 아직 태양의 열기에 데워지지 않은 공기가 콧속으로 빨려 들어왔다. 다시 크게 숨을 내쉬면서 K는 자신의 날숨 속에 아직도 코로나 바이러스가 섞여 있을까 궁금해졌다. 크게 하품을 하면서도, 재채기를 하면서도 잠깐 그 생각을 했다. 하지만 아주 외딴곳에 자리를 잡아 주변에 사람이 거의 없었으므로 괜찮을 거라고 자신을 안심시켰다. 그리고 이제 정말 코로나에 걸린 순간으로부터 한 주도 더 지났을지도 모른다. 이제는 낫는 일만 남았다.

P는 먼저 일어나 바다가 보이는 곳에 접이식 의자를 펼쳐놓고 앉아 담배를 피우고 있었다. 스트레칭을 하는 K를 돌아보더니 "일찍 일어났네" 하고 한마디 했다.

"잘 잤어?"

"이상한 꿈을 꿔서 좀 설쳤어."

K도 의자를 가져와 P의 곁에 앉았다. 그 곁에 앉으면서도 뭔가 좀 낯설다는 느낌이 들었지만 아직 잠이 덜 깬 탓이라고 생각했다. P는 꿈을 자주 꾸는 편이었기에 P의 말이 유난하게 들리지는 않았다. 잠자리가 바뀌어 좀 불편하기도 했을 테니 꿈을 안 꾼 게 더 이상했을지도 모른다.

"어떤 꿈이었는데?"

"아침엔 꿈 얘기 하면 안 돼."

아침으로 먹기로 한 컵라면에 끓인 물을 붓고 퉁퉁 분 라면을 한 젓가락 입안에 넣었을 때 K는 자신이 잠에서 깬 이후로 줄곧 느낀 이질감의 정체를 알아냈다.

"나 냄새가 안 나."

"정말? 다행일지도 몰라. 나 하루 제대로 못 씻었더니 머리 냄새 장난 아니거든. 너한테서는 별로 안 나는 것 같은데."

"냄새가 아예 안 맡아진다니까. 이거 코로나 후유증 아냐?"

그건 가장 대표적으로 알려진 코로나의 후유증이긴 했다. 코로나가 유행일 때 유명한 캔들 제품의 리뷰에 향이 거의 나지 않는다는 항의가 무척 많았다는 이야기도 있었다.

"아예 안 난다고? 라면 냄새도 안 나?"

P가 냄새를 좀 더 적극적으로 맡아보라는 듯 라면을 K의 얼굴 앞에 들이밀었다. K는 몇 번 더 숨을 들이쉬고 내쉬고는 고개를 저었다. 코가 막힌

사람처럼 휴지를 가져와 코를 세게 풀고 다시 맡기까지 했다.

"어, 안 나. 맛도 모르겠어."

"그거 금방 돌아올 거야. 다른 덴 괜찮아? 두통이나 발열이나……."

앞이 보이지 않는 것이나 소리가 들리지 않는 심각성에 비하면 냄새를 맡지 못하는 것 정도는 그다지 큰 문제가 되지 않는다는 듯 P가 말했다. K도 그 말을 믿고 싶었다.

"진짜야. 너무 걱정하지 마. 금방 돌아올 거야."

"그럴까?"

"그렇다니까."

그러고는 배를 채워둬야 빨리 나을 거라며 아무 맛이 안 나더라도 라면은 다 먹으라고 젓가락을 손에 쥐여주었다. K도 허기가 지긴 하였으므로 시키는 대로 그릇을 들고 국물부터 한 모금 들이켰다.

"안 돌아오면 어떡하지?"

"돌아올 거라니까."

두 사람은 라면을 다 먹고 주변 청소를 했다. 별

의미는 없을 것 같기도 했지만 그래도 가지고 온 소독 스프레이도 곳곳에 뿌렸다. P가 먼 길을 다시 돌아가야 했으니 일찌감치 출발하는 것이 좋을 것 같았다.

"바다도 거의 제대로 못 본 것 같네."

"발이라도 담갔다 갈까?"

"그러자."

두 사람은 해변으로 향했다. 아직 이른 아침이 었지만 조깅을 하러 나온 사람들도 있었다. P는 슬리퍼를 벗어 들고 맨발로 모래사장을 걸었다. 파도가 밀려오는 곳까지 가서는 발자국을 남겼다가 다시 파도에 사라지는 것을 보았다. 별로 의미도 없는 것 같은 그 일을 P는 몇 번이나 반복했다. K는 웃으면서 그런 P의 모습을 휴대폰 카메라로 담았다.

"아, 바다 냄새 좋다."

P가 그렇게 말했을 때는 좀 서운한 마음이 들었다. P도 그걸 느꼈는지 고개를 돌려 K에게 물었다.

"지금도 그래?"

K는 크게 숨을 들이켰지만 여전히 아무 냄새도

나지 않았다. 이 짭짤한 바다 냄새를 맡지 못하다니 어젯밤까지 내내 맡았는데도 문득 그리운 마음까지 들었다.

"안 나. 근데 너 만약 영영 냄새를 못 맡게 된다면 무슨 냄새가 제일 그리울 것 같아?"

"음……, 한겨울에 말이야, 아침에 딱 눈을 떴는데 밤새 눈이 왔을 것 같다, 그런 기분이 드는 날이 있어. 커튼을 젖혀보면 진짜 눈이 와 있고. 그럼 창문을 활짝 열어서 숨을 크게 들이켜는 거야. 바로 그때! 바깥 공기가 훅 들어오면서 머릿속까지 시원해지는 그런 냄새."

K는 P의 대답을 듣다가 조금 웃었다.

"그렇게 구체적일 일이야? 그 공기에도 진짜 냄새가 있나. 그냥 기분이 좋은 거 아냐."

"뭐 암튼. 너는?"

"글쎄…… 잘 모르겠네."

"너는 사람이 질문을 하면, 어? 좀 성의 있게 대답을 해봐."

"생각났어."

"뭔데?"

"네 머리 냄새."

"변태 같은 소리 하지 말고 좀."

"진짠데."

K는 P를 꽉 끌어안을 때 나는 냄새가 벌써 그리 웠다. 온몸이 흐물흐물해지는 기분. 어쩌면 머릿속 도 흐물흐물해졌는지도 모른다. 등줄기가 뜨뜻해 지고 척추를 타고 몸에 딱 알맞은 미지근한 물이 흘러내리는 기분. 아주 연약한 무척추동물이 되는 것 같은 기분. 그건 사실 냄새 때문이 아니라 따뜻 하고 부드러운 걸 안았기 때문이 아니었을까?

"이리 와봐. 한번 안아보자."

P는 발목까지 바닷물에 담그고 파도가 치는 걸 느끼고 서 있다가 K의 부름에 달려갔다. K는 P를 끌어안고 P의 머리털이며 목덜미에서 나는 냄새를 맡아보려고 애썼다. 숨을 크게 내쉬었다가 들이쉬고 코를 처박은 채 킁킁거리기까지 했다. P의 몸은 부드러웠고 온기가 느껴졌지만 아무런 냄새가 나지 않았고 척추를 타고 미지근한 물이 흘러내리며 녹는 듯한 기분도 들지 않았다. 일시 적인 것일지 영원한 것일지 아직 알 수 없었지만

K는 자신이 좋아했던 뭔가가 완전히 사라져버렸
다는 사실을 다시금 깨달아야만 했고 문득 울고
싶어졌다.

"냄새 나?"

"안 나."

K가 손을 풀고 P를 떼어내려고 했지만 P는 K를
더 세게 끌어안고 놓아주지 않았다.

"좀 더 노력해봐."

노력으로 어찌해볼 수 있는 문제라는 듯, K는
아무런 냄새도 풍기지 않는 P를 끌어안고서 세상
에 있는 것 중 무취인 것을 떠올려보았다. 기화되
지 않는 고체 상태의 어떤 것들은 냄새가 아예 없
지 않나? 하지만 아무런 냄새도 맡지 못하게 된 지
금 K는 모든 사물에 냄새가 있었다고 느꼈다. K는
냄새를 맡으려 좀 더 노력하는 척을 하다가 웃으
며 다시 P를 떼어냈다. 이번에는 P도 순순히 손아
귀의 힘을 풀었다. 해변에 가득한 모래에도, 무색
무취 무미라고 느꼈던 물에도 냄새는 있었다. K는
다시 텐트로 돌아와 생수병을 들고 벌컥벌컥 마시
면서 그걸 새삼 깨달았다. 물의 향취가 완전히 사

라져버렸다.

"다음에 볼 때는 개코 되어 있길 기도할게. 병원
도 꼭 가보고."

K를 집 앞에 내려주고 다시 서울로 돌아가기 전
에 P는 그렇게 말했다. K도 그걸 바랐다. 아주 간
절히 바라지는 않았다. 간절히 바라지 않아도 시
간이 지나면 자연히 이루어져 있을 일이라고 막
연히 믿었는지도 모른다. 코로나도 후유증도 금방
다 지나갈 것이다. 하지만 가을이 지나고 겨울을
지나는 동안에도 K의 후각은 회복되지 않았다.

K는 차를 마실 때마다 그간 향으로 마셔왔다는
걸 새삼 깨달았다. 그래도 적응해갔다. 냄새가 사
라진 세계에 적응하는 것이 아주 어렵지는 않았
다. 가끔 무언가가 타는 냄새를 맡지 못할지도 모
른다는 두려움이 있기는 했다. 그래서 요리를 할
때는 가스불을 떠나지 않았고 방 안에서 향초를
피우던 취미도 그만두었다. 하수구 냄새나 뭔가가
썩어가는 것 같은 악취를 맡지 않아도 된다는 점
에서는 오히려 맘이 편해지기도 했다. 혹시 자신

에게서 냄새가 나지는 않을지, 그런 게 걱정이 될 때도 있었다. 그러나 뭐 어쩔 것인가. K는 이제 냄새에 관한 것이라면 아무것도 알 수가 없었다.

*

K가 다시 냄새를 맡기 시작한 것은 그 다음 해
초가 되어서이다. 실내 마스크 사용 해제가 발표
된 지 얼마 지나지 않아 K는 퇴근을 하고 집으로
돌아오는 길 골목에서 코를 찌르는 듯한 지독한
악취를 맡았다. 누가 밖에 내놓은 음식물쓰레기
봉투가 터져버렸는지도 모른다는 생각을 했다. 잔
비가 내리고 있었고 그래서 냄새가 더 잘 퍼졌는
지도 몰랐다. 혹은 유독가스 같은 게 유출된 건 아
닐까 하는 상상도 잠깐 했다. 그런 위험 물질은 빨
리 알아챌 수 있도록 고약한 냄새를 심어놓는다는
이야기를 어디선가 들은 적이 있었다. 아주 오랜

만에 맡는 냄새인 데다 너무 지독해서 어지럼증까지 느껴질 정도였기 때문에 자연히 그런 의심까지 들었다.

K는 집으로 돌아와 샤워를 한 다음 편안한 옷으로 갈아입고 컴퓨터 앞에 앉았다. 최근 기사와 지역 커뮤니티에 업로드된 글 같은 걸 검색하며 어디서 가스 누출 사고가 난 건 없는지 찾아보았다. 하지만 아무도 그런 걸 언급하고 있지는 않았다.

K는 점점 더 복잡한 감정에 휩싸였다. 지난 몇 달간 냄새를 맡지 못하는 것에는 크게 문제가 없었다. 그와 같은 상태에 점점 익숙해지고 있었다. 일상에서 가장 크게 와닿을 때라면 커피를 마시거나 밥을 먹을 때였는데 음식의 향취나 맛보다는 식감과 질감에 더 집중하며 아쉬움을 달랬다. K에게 후각을 잃는다는 것은 아쉬움에 가까웠다. 아주 큰 불편함은 없었다. 문제가 되는 것은 나지 않는 냄새를 맡는 것이었다.

골목에서부터 집으로 올라오는 계단, 현관, 방 안, 화장실에서까지 K는 그 악취를 맡았다. 보디

샴푸 한 통을 거의 다 비워낼 만큼 샤워볼에 발라 거품을 내 몸을 닦고 내친김에 화장실 청소까지 했지만 악취는 사라지지 않았다. 코를 틀어막고 있을 때만 좀 참을만 했다. 식욕이 사라져 저녁도 먹지 못했다.

"악취가 난다고?"

잠들기 전 영상통화를 했을 때, P는 K가 다시 냄새를 맡기 시작했다는 소식에 반가워했다가 그게 오직 악취뿐이라는 사실을 전해 듣고는 이맛살을 찌푸렸다. K는 빨래집게로 코를 틀어막은 채 고개만 끄덕였다.

"많이 심해? 그래도 그거 좀 빼. 코 안 아파?"

"악취 맡는 것보다는 나아."

"진짜 심한가 보네. 계속 나는 거야? 어떤 냄샌데?"

K는 그 냄새를 뭐라 표현해야 좋을지 몰랐다. 아주 불쾌한 냄새임에는 분명한데 전에 맡아본 적 없는 냄새였다.

"그냥 아주 지독해."

"너 코맹맹 소리 넘 웃겨."

"난 진짜 심각하다고."

K는 농담을 하는 P에게 부아가 치밀어 빨래집게를 빼버렸다. 곧 냄새가 코를 덮칠 거라 생각하고 긴장했지만 아무런 냄새도 안 났다. K는 냄새가 자신에게 다가오는 길을 볼 수 있는 사람처럼 눈알을 굴려 주위를 둘러보았다.

"냄새 안 나네. 이젠 안 나."

"진짜 뭐가 썩고 있었던 거 아냐? 윗집이나 아랫집에서 쓰레기를 치웠다든지."

"그런가. 아무튼 이제 안 나."

"그럼 다행이고."

K도 크게 한숨을 내쉬었다. 그 냄새 속에 둘러싸여 생활하는 건 너무 끔찍한 일이었다. 다시는 그 냄새를 맡고 싶지 않았다.

하지만 냄새는 K가 방심했을 때 다시 나기 시작했다. P와 함께 미술관에 갔을 때, 카페에서 커피를 마실 때, 편의점에서 맥주를 고를 때, 퇴근 후 필라테스 학원에 갔을 때 아무런 예고도 없이 갑자기 냄새가 덮쳐 왔다. 처참하게 죽어 시체도 제대로 수습되지 못해 썩어 문드러진 이가 결국 유령이 되어 구천을 떠도는데 그가 머물다 간 자리의 냄새를 맡는 기분이었다. 주위를 둘러봐도 냄새가 날 만한 것은 아무것도 없었고 악취를 맡는 건 늘 K 혼자였다.

"또 유령 냄새 맡았어?"

명랑하게 웃으며 이야기를 주고받던 K가 갑자기 코를 킁킁거리며 이맛살을 찌푸리면, P는 그렇게 물었다. 유령 냄새. 그 냄새의 이름이었다. 그 냄새가 어떤 것과 유사한지를 제대로 설명해내지 못했으므로 그건 지상에 없는 냄새인 것으로 정해졌고 그렇다면 유령의 냄새가 아니겠냐고 두 사람은 합의를 보았다.

주말에 서울로 가 P와 만났을 때 K는 또 유령 냄새를 맡았다. 카페에서 아이스 아메리카노 한 잔씩과 바닐라타르트 하나를 시켜놓고 마주 앉아 있었다. K는 커피에서 아무런 향도 느끼지 못했지만 몸은 카페인을 원했으므로 늘 몸에 부족한 것을 보충하는 기분으로 커피를 마셨다. 카페 안의 사람들 중 누구도 악취에 경악하거나 호들갑을 떨지 않았다. 어떠한 반응도 없이 그저 함께 온 일행과 이야기를 나누거나 가져온 노트북에 시선을 고정하고 있었을 뿐이었으므로 이번에도 냄새를 맡은 건 K뿐인 듯했다. 당연히 P도 아무런 냄새를 맡지 못했다. K는 커피에서 냄새가 나는 것 같다며 입도 대지 않은 자신의 커피를 반납대에 버리고 왔다. 거기에서 냄새가 나지 않는다는 것을 P가 확인해주었고 K도 아마 그러리라 짐작했지만 K는 어떤 조치라도 취하고 싶어 했다. P는 K가 화를 그런 식으로 표출하는 것을 내버려두었다. 그래도 냄새가 완전히 사라지지는 않았는지 K는 여전히 인상을 쓰며 자리에 앉았다.

"유령 냄새가 계속 나?"

P가 묻자 K는 완전히 지쳐버렸다는 듯 말했다.

"오랫동안 생각해봤는데, 나를 이렇게 지독하게 따라다닐 유령이라면 역시 S뿐이야."

"S는 화장했잖아. 냄새를 풍길 틈도 없이 재가 됐어."

P는 갑자기 K의 입에서 튀어나온 S라는 이름에 당황해서 기계적으로 대답해놓고는 자신이 무슨

말실수를 한 건지 깨달았다. 절대 그럴 리가 없다고, 순전히 K를 달래려는 목적으로 떠올려낸 말이었지만 도가 지나쳤다. 정작 K는 그 말을 별로 개의치 않는 듯했다.

"그래서 말이야. 정말 S라면, 이렇게 나를 쫓아다니는 데에는 이유가 있지 않을까? 뭔가 전할 메시지가 있다던가."

"진지하게 하는 이야기야?"

"아니, 미친 소리지. 이 악취 때문에 너무 괴로우니까 별생각을 다 하게 돼. 차라리 아무 냄새도 못 맡을 때가 백배는 나았어."

K는 견디기가 힘들다는 듯 고개를 숙이고는 머리를 감싸 쥐었다.

"우리, S 출몰 지역을 체크해보자."

"아니, 백배는 넘 약하다. 천배, 만배. 근데 뭐라고?"

K는 자신만의 생각에 빠져 있다가 P가 한 말이 뒤늦게 해석되었는지 고개를 들고 되물었다.

"S 때문이 아니더라도, 냄새를 맡게 되는 패턴 같은 게 있지 않을까? 그걸 체크해서 원인을 찾아보자는 거지."

"병원에서는 시스템 에러 같은 거래. 코로나로
먹통이 되었던 후각에 다시 전원이 들어오긴 했는
데 배선이 죄다 꼬여버린 거라 다시 제자리를 찾
기까지 시간이 걸릴 거라고. 정신과에서도 정신적
인 문제라기보다는 코로나 후유증이 맞는 것 같다
하고. 근데 그럼 향기로운 냄새도 나야 하는 거 아
냐? 왜 죄다 이 썩은 냄새뿐이냐고."

"세상이 썩어빠져서 그래."

"농담할 기운도 없다."

"그래, 농담은 말고. 시스템 복구를 위해서 뭐든
해볼 수는 있는 거니까, 기다리는 동안 패턴을 찾
아보자는 거지."

"그러니까 유령 출몰 지도를 만들어보라는 거야?"

S라는 이름은 사라지고 K는 다시 유령이라고
말했다.

"그래, 유령 지도를 만들어보자. 냄새 계속 나?"

"이제 좀 사라졌어."

"커피 나눠줄까? 아니면 다시 시킬래? 타르트라
도 좀 먹어."

포크를 들고 타르트를 조금 잘라 입안으로 가져
가던 K는 냄새를 맡았다. 잠깐 망설였지만 그대로
입에 넣었다. K는 P가 제안하는 모든 선택지가 다
좋다고 말하고 싶었다. 어느 것을 선택해도 상관
이 없다고, 네가 원하는 대로 하겠다고 말하고 싶
었다. 하지만 그럴 수가 없었다.

"여기서 냄새 나는 것 같아. 타르트에서 아주 구
린내가 나."

K는 포크를 내려놓았다. 자신이 좋아한다고 말
할 수 있는 맛의 스펙트럼이 아주 좁아진 기분이
들었다. 모든 게 다 싫어졌다.

P는 K가 앓고 있는 환후가 새삼 실감되었다.
P가 생각하기로 바닐라 향은 세상에서 가장 향기
로운 냄새였으므로 거기서 구린내를 느낀다는 건
말이 안 됐다. 만약 K의 후각이 영영 회복되지 않
는다면 어떨까. K는 점점 더 신경질적인 사람이
되어갈 것이다. 대화 주제는 온통 오늘 악취를 맡
은 장소와 횟수가 되어버릴지도 모른다. 가까운
사람이 아프다는 건 일상생활을 완전히 다 장악해
버리는 일이었다. 매번 악취가 난다며 발작적으로

음식을 쓰레기통에 쏟아붓는 K 앞에서는 맘 편히 커피를 마실 수도, 바닐라타르트를 먹을 수도 없을 것이다. 결국 P도 포크를 내려놓고 K에게 물었다.

"집에 가서 좀 쉴래?"

K는 P의 집으로 가는 것이 두려웠다. 어떤 장소에 대한 기억을 악취가 났던 곳이라는 기억으로 뒤덮어버리고 마는 것이 싫었다. 그런 장소는 점점 더 늘어만 갔다. 한 번 악취가 났던 곳에 다시 가게 될 때 자신도 모르게 긴장하게 되는 것도 싫었다.

냄새가 나는 곳의 지도를 만들어보자는 아이디어도 별로 마음에 들지 않았다. 그건 결국 아무런 정보값도 없는 지도가 될 것이다. 냄새는 늘 무작위로 났으니까. 집 앞 골목도 어느 날에는 악취가 났고 어느 날에는 나지 않았다. 진짜 냄새가 그런 것처럼 유령 냄새도 한 장소에 영원히 머물지 않고 시간이 지나면 휘발되어 사라져버렸다. 그 지도는 만들어지는 순간에만 잠깐 의미가 있었다가 돌아서면 아무런 것도 지시하지 못하는 종이 쪼가

리가 될 것이다.

P는 아무 표정도 대답도 없는 K의 얼굴을 바라보았다. 점점 더 향수를 많이 뿌려 몸에서는 진한 비누 냄새가 진동을 했다. 하루 종일 옆에 있으면 머리가 아파질 지경이었다. P는 K의 무표정한 얼굴에 마음이 조급해져서 코로나를 앓은 후 환후를 느끼는 사람들의 글을 찾아보았다.

"코로나 겪고 너 같은 사람 많대. 이거 봐. 우리는 냄새 훈련을 해야 해."

K는 자신이 P를 걱정시키고 있다는 것을 알았다. 훈련이 필요한 것은 자신만이었는데도 우리는, 하고 말을 하는 것도 미안했다. 냄새가 난 시간과 날짜까지를 모두 포함해 작성하고 그 데이터를 무수히 쌓아가다 보면 거기서 어떤 패턴을 발견할 수 있을지도 몰랐다. 하지만 얼마나 많은 데이터가 필요할까? 그래도 뭐라도 해봐야겠다는 생각으로 K는 휴대폰을 꺼내 지도 어플을 열었다. GPS로 자신의 위치를 찾아 깃발을 꽂았다. 깃발의 이름은 유령 냄새. 이후 한 달 동안 K는 195곳에 깃발을 꽂았다.

*

　유령 냄새의 깃발이 중복으로 꽂힌 곳은 40곳, 가장 많이 꽂힌 곳은 K의 집이었다. K가 가장 오래 머무는 곳이니 어쩔 수 없는지도 몰랐다. 유령 냄새를 가장 많이 맡은 시간대는 주로 저녁이었다. 할 일을 모두 마치고 집으로 돌아왔을 때. 어쩌면 몸의 피로도나 스트레스가 냄새를 만들어내는 것은 아닐까. 악취를 맡는 것이 처음에는 정신과적 이유가 전혀 없었다 하더라도 시간이 계속되니 정신적인 문제가 생기는 것만 같은 기분도 들었다. 회사에서 일을 하다가도 사무실에서 악취가 풍기기 시작해 반차를 내고 집으로 돌아온 적도 있었다.

　그렇게 돌아온 집도 마냥 안전한 장소는 아니었다. 어떤 날은 냄새가 자신을 쫓아오는 것만 같아 정처 없이 한 시간 넘게 걷기도 하고 예전에 좋아했던 향수를 들이붓듯 집에 뿌리기도 했다. 한 번 유령 냄새가 나기 시작하면 그 냄새로부터 달아나야 한다는 생각밖에 들지 않았다. 가끔은 성공했고 가끔은 실패했다. 그저 자판을 두드리며 냄새가 사라지기만을 기다리는 날이 점점 더 많아졌다. 악취에도 익숙해질 수 있을까? 하지만 K는 그런 것에는 절대로 익숙해지고 싶지 않았다.

　매운 음식을 찾는 날이 늘었다. 가끔 매운 떡볶이나 불족발 같은 아주 자극적인 것을 먹으며 혀의 통증을 느끼다 보면 매운 냄새가 나는 것만 같은 기분이 들 때가 있었다. 냄새로 인한 스트레스가 심해 더 매운 것을 찾게 되는지도 몰랐다. 원래 K는 매운맛을 싫어했다. 그건 맛이 아니고 통증이니까. 그래도 가끔은 불닭볶음면을 샀다. 땀을 뻘뻘 흘리고 혓바닥을 내밀고 헥헥거리며 먹었다. 스스로를 학대하고 싶어질 때가 있었다. 정치면,

사회면, 경제면 뉴스를 볼 때마다 열이 뻗쳐서 그냥 차라리 불타오르고 싶을 때가 있었다. 고통스러워하면서도 매운 걸 먹는 K를 P가 나무랄 때면 K는 매운맛이 당기는 보편적인 현상에 대해서 설명하곤 했다. 청와대 근처 짬뽕집도 나라 꼴이 엉망일 때는 매운맛이 잘 팔린대. 이젠 용산 근처에 매운 맛집이 늘어나려나? 그렇게 주장하면 P는 고개만 절레절레 저었다.

후각을 잃은 지 몇 주 지나지 않았을 때, 그래도 여전히 곧 냄새를 맡게 될 거라고 굳게 믿고 있었을 때 영상통화를 하다가 P가 그렇게 물은 적이 있었다. 냄새가 그렇게 중요한가? 두 사람은 다른 모든 감각에 비하면 냄새는 그리 중요하지는 않다고 결론을 내렸다.

"그치? 냄새는 몇 위쯤 될까? 꼴등이려나? 좋아, 한번 생각해보자. 만약 내가 죽었어. 근데 유품 두 가지 중에 딱 하나만 골라서 가져갈 수 있대. 내 비밀 일기가 든 메모리카드랑 내가 자주 입어서 내 냄새가 밴 셔츠. 넌 뭘 가져갈래?"

K는 P의 질문에 성의를 좀 보이고 싶어서 고민

했다. 사실 약간은 시늉이었고 머릿속으로는 사람의 체취에 대해 생각하고 있었다. 어떤 사람만이 풍길 수 있을지도 모르는 고유한 체취. 얼굴이나 지문, 목소리처럼 어떤 사람만이 풍기는 고유한 냄새. K는 P의 냄새를 알아낼 수 있다고 종종 생각했다. 약속 장소에서 P를 기다리다가 문득 P가 있을 것 같다고 느껴지는 방향을 바라볼 때가 있는데 그럼 진짜로 거기에 P가 있었다. P는 웃으며 다가와 어떻게 알았어? 하고 묻고는 K를 가볍게 껴안았고 그럴 때는 P가 자주 쓰는 향수 냄새가 코를 스쳤다. 그럴 때 고개를 들게 한 것이 P의 냄새는 아니었을까? 뇌에 입력되지는 않았지만 뭔가를 동물적으로 느낀 것은 아니었을까.

"뭘 그렇게 고민해? 빨리 결정해봐."

재촉하는 P에게 K는 얼른 자신의 결정을 알려주고 싶었지만…… 선뜻 한쪽을 선택하기가 어려웠다.

"근데 너 일기를 써?"

"그럴 리가. 그냥 만약에잖아."

K는 P의 비밀을 많이 알고 있었다. 그것들

이…… 비밀이 아닐 리가 없었다. 물론 P에 대한 모든 비밀을 알고 있느냐 하면 그건 아니었다. 그럴 수는 없었다. 그렇지만 P에 대한 모든 비밀을 알고 싶은가 하면 그것도 역시 아니었다. 모든 비밀을, 알고 싶지는 않았다. P가 죽은 다음에, P에 대한 새로운 사실을 알게 되는 게 좋을까? 어떤 사실은 뜻밖의 기쁨을 안겨줄지도 모르지만 어떤 비밀에는 오히려 배신감을 느끼게 될지도 몰랐다. 하지만 P의 셔츠는 많은 기억을 불러일으킬 수도 있을 것이다. P가 함께 겪었던 일들을. 진짜로 있었던 일을. K와 P가 있는 풍경을. 잊었는지도 모르고 있던 순간들을. 그리고 P 자체를.

"진짜 오래 고민한다. 난 벌써 정했어."

"넌 뭘 선택할 건데?"

"네 비밀 일기."

"왜?"

"내 욕 뭐라고 써놨는지 보려고."

"근데 나도 일기 안 써."

"만약에, 만약에!"

K는 오늘부터 일기를 써봐야겠다고 생각했다.

얼마나 오래갈지는 알 수 없었지만.

"너는 아직 못 골랐어?"

"나는 네 셔츠."

"역시 변태 같은 선택이야."

"일기장이 더 음습하지 않아? 그걸 가져가서 몰
래 보는 건 고인에 대한 예의가 아니지. 원래 유명
인들도 일기장 같은 건 절대 출판하지 마라! 불태
워라! 그렇게 유언으로 남기잖아."

"누구누구 기념관이라고 지어놓은 데 가봐. 일
기장 다 살아남았어."

"우리 둘 다 위인은 못 될 테니까 다행이야……."

"애초에 쓰지도 않잖아."

"혹시라도 유명해지면 박물관에서 보관할까봐
그러는 거야."

"알겠어, 알겠어. 암튼 넌 셔츠라는 거지? 진짜
이해 안 된다. 애인 속마음을 알 생각을 해야지."

"근데 너 「브로크백 마운틴」 보다가 펑펑 울지
않았어?"

"그거랑은 결이 다르지. 근데 그거도 좀 변태 같
다고 생각하긴 했어."

K는 웃음을 터트렸다.

K는 S의 스웨터를 한 장 가지고 있긴 했다. S가
K의 집에서 자고 간 날 K의 옷으로 갈아입고는 두
고 간 것이었다. S가 쓰다가 만 소설 파일도 있었
다. S는 작은 잡지사에 다니면서 언젠가는 책을 내
겠다며 습작을 하고 있었다. 다 완성하면 보여주
겠다고 말하고는 보여준 적은 없었는데 그 역시
K의 집에 두고 간 노트북에 들어 있었다. K는 그
소설을 읽어보지는 않았다. 미완성인 글을 읽는
것은 K가 제일 싫어하는 일이었다. 이번 경우에는
빨리 결말을 내라고 재촉할 수도 없었다. K는 S의
미완성 글이 자신에게 어떤 감정을 불러 일으킬까
봐 무척 두려웠다.

S의 스웨터는 다음에 들러서 찾아가라고 진작
빨아버렸지만 여전히 은은하게 S의 냄새가 났다.
스웨터를 짠 실 자체의 냄새와 S의 집에서 쓰는 세
제, 섬유유연제, S의 집 냄새와 S의 개 냄새, 그리
고 S의 냄새가 마구 뒤섞인 듯한 그런 포근한 냄새
였다.

K는 부모님과 함께 사는 S의 집에 여러 번 갔었다. 엄마가 너 밥 먹으러 오래. 제일 처음에는 그런 말로 초대를 받았고 약간은 두려운 마음으로 찾아갔다. 현관에 들어서는 순간 말리가 반겼다. 그 집에 가득 찬 냄새는 S의 스웨터 냄새와도 비슷했다. 이게 너희 집 냄새였구나. K가 말했을 때 S는 전혀 모르겠다고, K의 집에서는 특별한 냄새랄 것이 나지 않는다며 자기 집의 냄새라는 것도 특별히 없지 않냐고 되물었다. K는 당시에는 구체적으로 설명하지 못했다. S의 집에 방문하면 할수록 그 냄새가 옅어지는 것을 느꼈다. 아마도 후각은 굉장히 게으른 감각기관이라서 일상적으로 반복되는 향에 대해서는 굳이 되새길 필요가 없는 것이 아닐까. 따지고 보면 시각 역시 집중적으로 보지 않는 이상에야 선명하게 인식되는 경우는 드무니까.

K는 이렇게도 생각했다. 어떤 공간에 자주 들락거리면 그 냄새를 매번 새롭게 감지하지 못하게 되는 것은 그 냄새를 자신의 몸에다 묻혀놓고 어딜 가나 그것을 맡으며 돌아다니기 때문이 아닐까 하고. 하지만 냄새는 시간이 지나면 휘발되어 날

아가게 마련이고, 몸에 밴 그 공간의 냄새가 완전
히 다 사라지면, 다시 그곳을 찾았을 때는 새삼스
럽게 그 냄새를 감지하게 되는 것이다. 그리고 공
간에 가득 차 있는 냄새를 내 몸에 덕지덕지 묻히
게 된다. 쉼 없이 호흡하며 냄새를 저장해둔다.

"너 코 나을 거야."

K는 이제 믿지 않게 되었는데 P는 그 말을 계속
해주었다.

"알겠어."

"잘 자. 방 너무 건조하면 젖은 수건이라도 좀
널어놓고."

"알겠어. 너도 잘 자."

전화를 끊고 나서 K는 침대에서 일어나 옷장을
열어 보았다. 옷장 안쪽 깊숙한 곳에 있는 상자에
는 잘 개켜놓은 S의 옷이 들어 있었다. 상자를 열
자 오랫동안 갇혀 있던 냄새가 쏟아져 나오는 듯
했다. 헤링본 무늬의 그 스웨터를 꺼내서는 조심
스럽게 펼쳐보았다. K는 S와 같은 사이즈의 옷을
입었는데 이제는 살이 많이 쪄서 K에게는 낄 것처

럼 작아 보였다. 마지막이었지만 스웨터에 냄새가
남아 있나 들이켜볼 생각은 들지 않았다. 다음 날
K는 상자 속에 들어 있던 다른 물건들과 함께 스
웨터를 버려버렸다.

　태초에 냄새가 있었다면 그다음엔 뭐가 있었
는데? 그날 꿈에는 할머니가 나왔다. 아주 옛날에
K가 할머니에게 했던 질문이 되풀이되고 있었다.
그다음엔 작은 바람이, 입김이라고 부를 만한 그
런 바람이 있었지. 오물오물한 입을 동글게 말아
태초의 다음 순간을 흉내 내는 할머니의 숨이 방
안에 퍼졌다. 할머니의 싸구려 담배 냄새, 동생의
안전화 냄새, 무당벌레가 싸우는 냄새, 투명한 냇
가의 물비린내, 반려견의 냄새, 들개의 냄새, 미처
떠나지 못한 냄새 들이 K의 삶 곳곳에 희미하게
배어 있었다. 뒤섞여버리면 어쩔 수 없이 악취가
되어버리는 그 냄새를 꿈속에서 맡고 또 맡았다.

*

K는 한 달여 만에 P와 만났다. K는 기차역으로 마중 나온 P를 꽉 끌어안았고 어깨에 얼굴을 파묻고는 웅얼거렸다.

"너한테서 냄새 나."

"뭐? 코 돌아온 거야?"

K에게서 몸을 떼어내고 기쁜 표정으로 묻는 P에게 K는 사실을 말했다.

"아니, 유령 냄새가 나."

P는 깜짝 놀라서 고개를 숙이고 킁킁거렸다. 자신에게서도, 공간 어디에서도 악취 같은 건 맡을 수 없었다. K는 당황해하는 P를 다시 끌어안고는

어깨에 얼굴을 묻고 크게 숨을 들이쉬었다. 코가 마비될 정도로 지독한 냄새가 느껴졌는데도 K는 연거푸 숨을 들이켰다. 연인의 냄새를 얼마만큼 견딜 수 있는가는 사랑의 콩깍지가 얼마나 지독하게 씌어 있는가를 보여주는 지표일 수 있다. K는 세상에서 가장 견디기 싫은 냄새를 풍기는 P를 다시는 보고 싶지 않아졌다. 진짜로 냄새가 났으니까. 아니, 그건 가짜 냄새였지만 K에게는 진짜로 맡아졌으니까. 냄새를 코로만 맡는다는 게 사실일까. 그렇다 하더라도 냄새의 인상에 대한 결정을 내리기 위해서는 코만 동원되는 게 아니라는 것은 분명했다. 역겨운 땀 냄새에 대해 역겹다고 손가락질할 수만은 없었던 것처럼. K는 어쩌면 앞으로 남은 삶 내내 유령 냄새를 맡으며 살아야 할지도 모른다고 생각했다. P에게서 냄새가 사라진다고 해도 다른 곳에서 다시 나타날 것이다. K의 코는 완전히 고장나버렸다. K는 P의 어깨에 얼굴을 묻고 울면서 계속 크게 숨을 들이켰다. K는 그게 자신의 몫이라고 생각했다. K는 냄새를 맡고 또 맡았다.

불운은 필연의 변명

천희란

공기 중의 비말만으로 서로를 감염시킬 수 있는 전례 없는 전파력을 지닌 강력한 바이러스는 인류를 고립시켰다. 지난 몇 년간 겪은 팬데믹이 전쟁이나 자연재해에 버금가는 공포를 불러일으킨 것은 이 바이러스의 확산 조건이 그저 인간이라는 사실에 있었다. 바이러스의 숙주가 되기에 최적인 인종이나 성별, 계급, 연령은 물론 특정한 생물학적 조건도 존재하지 않았다. 이 바이러스가 유발하는 질병으로부터 살아남기 위해 타인과의 물리적인 거리를 유지해야 한다는 새로운 규율은 모두에게 적용되었다. 그러나 규율을 엄격하게 지킨다고 해서 재앙을 피해갈 수 있다는 보장은 없었다. 바이러스란 애당초 눈에 보이거나 냄새를 맡을 수 있는 것이 아니었고, 그 전파를 통제하기란 불가능하기 때문이다. 오직 운에 의해 좌우되는 운명처럼.

소설의 중심인물인 K는 삶의 행불행이 '운'에 달려 있다고 믿는다. 그녀는 자신이 경험한 할머니와 S의 죽음이 "운이 좋았다면"(48쪽) 일어나지 않았을 일이라고 되뇌며, 코로나에 감염되고도 이전에 바이러스를 피했던 것이 순전히 운 때문이라고 생각한다. 건설 중 방치된 아파트를 보고 의아함과 안타까움을 내비치는 연인 P의 말에도 불운의 결과일 것이라 답할 뿐이다. K의 이런 태도는 추위나 더위에 둔감하며, 맛이 존재하기만 하면 관대하게 받아들이기 때문에 대부분의 맛을 '맛있다'고 받아들이는 무던함에도 겹쳐 보인다.

그러나 정작 이 소설이 K의 후각적 경험에 대한 강렬한 문장으로 시작되는 것은 아이러니하다. "그날 마신 와인에서는 죽어가는 곤충 냄새가 났다."(9쪽) K는 곤충 냄새로 상기되는 어린 시절 작은 벌레를 잡아 죽였던 기억을 "나쁜" "잔인한"으로 수식한다. 어린 시절 느꼈던 놀이의 감각이 K에게 죄의식을 불러일으키는 장면은 상징적이다. 이때 그녀의 무딘 감각은 축소된 쾌감만을 가리키지는 않게 된다. 감각이 무디기 때문에 대상을 대체로 좋은 쪽으로 받아들인다는 것이 불쾌한 감각에 대한 외면으로도 이해될 수 있기 때문이다. 소설의 중반을 지나 K는 코로나 후유증으로 후각을 잃어 곤란을 겪으면서도 "하수구 냄새나 뭔가가 썩어가는 것 같은 악취"(89쪽)를 맡을 수 없어 편안해졌다고 생각한다.

주지할 것은 감각은 공통의 경험에서 촉발된다 하더라도 지극히 개인적이라는 사실이다. 감각은 수치화되어 비교되기 어려울 뿐 아니라, 타인에 의해 관찰되거나 타인의 것과 교환되지 않는다. 감각에 대한 인식은 오직 당사자의 발화를 통해서만 이해되는 것이기에 K의 무던함은 객관화할 수 있는 성격이라기보다는 그녀 자신의 믿음 혹은 태도에 가깝다. 따라서 K의 축소된 감각은 금욕적인 것이 아닌 그저 쾌나 불쾌로 구분할 수 없는 '적당한' 상태를 지향하는 것으로 해석되며, 이는 적극

적으로 삶의 비극이나 불행에 연루되지 않으려는
회피의 기재로까지 읽히기에 이른다. 예컨대 K는
할머니와 S의 죽음이라는 상실의 경험에 대해 납
득할 수 있는 이유를 찾아내려 하기보다 '운'에 기
대 이해하려 한다. 이를 통해 K는 누군가를 지독
히 원망하지 않을 수 있겠지만, 동시에 그들의 죽
음과 연관된 자신에 대해 깊이 생각하기를 중단
한다. 자신의 생일파티를 해주기 위해 오는 K와
P를 만나러 가던 길에 S가 사고를 당한 횡단보도
앞 CCTV에는 S가 사고 직전 통화를 하는 장면이
찍혀 있었다. K가 S의 가족이 S의 마지막 통화 상
대를 알고 있을 것이라 예상하고 있음에도 소설은
그에 대한 K의 감정을 서술하지는 않는다. 이는
S가 죽은 후 K와 사귀게 된 것에 괴로워하는 것으
로 그려지는 P의 내면과는 사뭇 대비된다.

　하지만 무뎌지기를 소망하는 K가 이 모든 기억
이나 감정으로부터 자유롭다고는 할 수 없다. 오
히려 그녀의 내면에는 쾌와 불쾌, 분노와 죄책감,
타인과 자신을 향하는 감정이 모호하게 뒤섞여 있
다. K는 불행한 사건을 피한 사람들의 영상을 찾

아보면서도 그 반대의 영상은 찾아보려 하지 않
으며, 폐허가 된 아파트와 엮인 불운한 사람이 많
지 않기를 바라고, 뉴스에서 비극적인 소식을 접
하면 기부금을 보낸다. 그러면서도 반성이 버릇이
될 수 있다는 P의 말에 동의하며 "반성할 때는 잘
못된 것을 바로잡을 수 있을지도 모른다"(72쪽)는
"죄악감이 달콤"(73쪽)하다 생각하기도 한다. 이
렇게 K가 무심하면서도 신랄하게 자신의 내면을
응시하는 순간 어렴풋하게나마 K가 인정하지 못
하는 그녀의 고통이 독자 앞에 모습을 드러낸다.
실제로도 그녀가 경험한 두 번의 죽음은 후회나
책망으로 쉽사리 극복될 수 있는 것이기도 하기
에, 죽음을 둘러싼 복잡한 감정의 자리에 '운'을 놓
아두려는 K의 회피가 기만적이라고만은 평가할
수 없다. 그녀는 둔감하기보다는 둔감하기를 바라
는, 자신이 통제할 수 없는 삶의 무게에 억눌려 체
념 속으로 미끄러져 들어가 순응하려는 인물에 가
깝지 않은가. 스스로의 호오好惡를 결정하기보다
누군가 맛있다고 하는 맛에 익숙해지고, 자신이
바이러스를 옮길까 불안해하면서도 여행을 가자

는 P의 결정에 따르듯이.

운이 좋다거나 나쁘다는 표현은 일상적이다. 그만큼 일상에 깊게 자리 잡은 미신이라는 뜻이다. 삶을 살아가는 데에 있어서 불가해는 자주 신비라기보다는 고통이며, 우리는 그 불가해를 견디기 위해 거의 습관적으로 '운'이라고 불리는 미신에 의탁한다. 설령 비합리적이라 할지라도 미신이라는 방어기제는 극복할 수 없는 압도적인 비극이나 고통을 견딜 수 있게 해주기에 유용한 믿음이다. 그러나 미신은 때때로 삶의 필연성마저 이해하기를 멈추고 타자화하도록 만든다. K와 P는 짓다 말고 버려진 아파트 구석에서 잠들어 있던 십 대 남자아이를 만나 공사가 중단된 이유가 저주 때문이라는 이야기를 듣는다. 아이는 이 아파트에서 사람이 죽어나간 이유가 모감주나무 군락지를 훼손한 저주 때문이며 안전사고라고밖에 볼 수 없는 비계발판의 붕괴로 인한 노동자의 추락과 무리한 투자를 했던 작업반장의 자살 역시 그저 저주 때문이라는 세간의 소문을 전했다. 시공사의 대표가 부도를 내고 사라진 이유에는 끝내 "명쾌한 답"(78쪽)을 내놓지 못했다. K는 자신에게 일어난 비극이 '운'에 달려 있다 믿으려 하고, 아파트 공사 중단 역시 '운'이 나빴기 때문일 거라 무심히 말했으면서도 죽음의 원인을 사라진 모감주나무 숲의 저주로 돌리는 발상에는 동의하지 않는다. K는 이 상황을 운에 대한 자신의 믿음에 겹쳐보지 않고 저주에 대한 부동의에 멈출 뿐이지만, 이로써 소설은 '운'이나 '저주' 같은 미신적 믿음처럼 다만 삶을 지탱한다고 여겼던 방어기제가 어쩌면 삶의 필연성을 외면하려는 변명일지도 모른다는 생각에 가닿도록 만든다.

K에게 팬데믹 초기에 코로나에 감염되지 않았다는 사실은 동선이 까발려지지 않아 다행인 일이지만, 단칸방에서 할머니와 살아가는 아이에게는 폐공사장에서 잠을 청해야 하는 불행한 일이다. K가 가장 맛있는 것에 맞춰 맛의 기준을 세워보려 찾아다녔던 음식 중 하나인 곱창을 처음 먹어본 아이는 순전한 맛의 기쁨을 느끼고, K는 공사 현장 노동자들에게서 나는 냄새를 역겹다고 말하는 것을 듣고서야 빌라 건설 현장에서 아르바이트를 했던 남동생의 냄새를 돌아본다. 이처럼 『태초의

냄새』가 소설에서 발생한 작은 사건들을 바라보는 시선은 모두를 각자의 방에 고립시켰던 코로나 바이러스가 우리가 얼마나 깊이 연결된 채 살아왔는지를 역설적으로 보여주었던 것처럼 세계를 이해하는 개별 경험의 배면에 모세혈관처럼 복잡하게 얽힌 관계가 존재하고 있음을 드러낸다.

해소되지 않는 고통을 견디기 위해 운이나 저주에 삶을 의탁하려는 무력한 인간에 대한 연민과 자신의 고통을 적극적으로 사유하기를 거부함으로써 도처에서 벌어지는 타인의 고통마저 타자화하는 존재에 대한 회의 사이에서 줄타기를 지속하던 소설은 K에게 환후라는 후유증이 찾아오는 소설의 후반부에 접어들며 새로운 국면을 맞는다. 후각을 잃은 것으로도 모자라 K가 맡게 된 '악취'는 그녀가 회피하거나 외면했던 고통들이 가하는 복수의 알레고리로 읽히기도 한다. 다만 분명히 하고 싶은 것은 이 환후가 심리적인 고통의 결과라기보다는 증상 그 자체라는 점이다. 수많은 코로나 감염 환자 중에 하필이면 K에게 환후라는 후유증이 찾아온 것은 우연이지만, P에게서 나는 악취가 가짜

인 줄 알면서도 그것이 사랑의 지표일 수 있다고 생각하는 장면은 의미심장하다. 악취를 맡기에 앞서 후각을 잃은 K는 P가 죽는다면 그녀의 일기가 담긴 메모리카드와 냄새가 밴 셔츠 중에 무엇을 가져갈지 묻는 질문에 셔츠를 선택한다. 자신이 몰랐던 비밀을 알게 되는 "뜻밖의 기쁨"보다 혹시 모를 "배신감"(106쪽)이 두려웠기 때문이다. S의 미완성 습작을 가지고 있으면서도 S의 글이 "어떤 감정을 불러 일으킬까"(108쪽) 두려워 읽지 않은 채 이미 빨아버린 스웨터의 냄새로 S를 추억해왔다. 그러나 끝내 냄새를 맡을 수 있는 것이 악취뿐인 상태가 된 K는 혹시 남아 있을지 모르는 S의 냄새를 확인하지 않고 스웨터를 버리고, 다른 무엇보다 운이 나빴을 뿐인 악취라는 강렬한 감각으로부터 P를 향한 마음의 변화라는 해석을 이끌어낸다. 의심의 여지가 없는 우연으로부터 필연을 구하려는 것이다.

분명 악취는 K에게 더는 피할 수 없는 부정적인 경험 혹은 고통스러운 감정을 연상시키는 것일 테다. 앞서 언급했듯 감각을 K의 믿음 혹은 태도로 이해한다면 그녀가 고장나버린 코로 평생 '유령 냄새'를 맡아야 할지도 모른다고 예감할 때, 유령은 죽은 S가 아닌 악취를 맡고 다니는 K라는 뜻이기도 하다. 이제 이 모든 파국을 불러온 것이 다름아닌 K 자신임을 부정할 도리는 없다. 그렇다면 K가 악취라는 감각을 통해 반격해오는 내면에 의해 붕괴에 가까운 혼란을 마주하는 지점에 도달해 마무리되는 결말은 어떻게 이해될 수 있을까. 그것은 K의 혼란만큼이나 단순하게 파악되지 않는다. 악취가 나는 P를 향한 거부감이 여전히 고통의 실체를 대면하지 않고자 하는 태도의 연장으로 보이는 한편, 끝내 P의 악취를 견디면서도 그녀를 사랑할 수 있는 자격을 포기하는 일종의 자기 처벌처럼 느껴지기도 하기 때문이다. 이 불확실성 앞에서, 우리는 그저 쉽게 망각되는 선명한 진실 하나를 목격할 뿐이다. 삶의 수많은 고통과 슬픔이 다른 긍정적인 경험들과 동일하게 타인과 우리를 연결하며, 비극과 죽음을 적극적으로 사유하지 않는 삶에서는 사랑과 연대의 가치들도 초라해지고 만다는 사실을. 그런 삶에서는 그 모든 가치들이 엉겨붙은 채 "어쩔 수 없이 악취가 되어버리"(111쪽)고 말리라는 것을.

『태초의 냄새』는 후각이라는 감각을 경유해 기억과 상실, 계급과 혐오, 이해와 몰이해, 직면과 회피의 순간들을 촘촘하게 그려낸다. 과장하거나 억지 부리지 않는 구체적인 일상의 장면들은 그 자체로도 읽는 즐거움을 주지만, 누적되는 장면들을 겹쳐 읽다 보면 끝에서 발견하게 될 한 편의 소설이라는 건축물의 세밀한 설계도를 상상하게 된다. 그러나 또한 김지연의 소설은 매번 그 기대를 배반한다. 끝에 이르러 보게 되는 것은 반듯한 설계도가 아니라 오래 들여다보아야만 하는 추상화다. 가장 일상적이며 구체적인 장면들로 축조된 이 기묘한 추상의 세계 앞에서는 대상의 의미보다 대상을 해석하고 있는 나의 마음을 점검하게 된다. 아마도 그것이 독자가 김지연의 소설에 감정적으로 오래 붙들리는 이유가 아닐까. 『태초의 냄새』는 삶의 불가해에 압도당한 인물의 서사지만, 장면마다 결결이 품고 있는 냄새에 집중하는 동안 나도 모르게 그 불가해한 삶을 이해하려 애쓰고 있다는 걸 깨닫고는 했다. 자꾸 나동그라질 걸 알면서도.

작가의 말

마흔을 코앞에 두고 있다. 작년에도 마흔 기념 생일잔치를 했는데 다시 또 마흔이다. '삼십 대-최종-진짜최종' 파일을 마주한 것 같은 느낌이다. 이제야말로 정말이지 더는 흔들리지 않을 수 있을까? 그럴 수는 없을 것 같다. 이대로 계속 죽을 때까지 흔들릴 것만 같기 때문에 복근에 힘을 길러야겠다고 생각했다. 지금보다 한참 더 어릴 때는 별로 해보지 않은 생각인데 나이가 들면 들수록 구석구석 잘 씻고 난 다음에도 몸에서 냄새가 나지 않을지 걱정스러워지곤 한다. 자신의 체취는 잘 알아채지 못하는 것 같아 더욱 염려스럽다. 땀을 많이 흘린 여름날이면 말할 것도 없고. 냄새를 풍기는 순간 금방 혐오의 대상이 될 거라는 생각 때문인지도 모르겠다. 냄새에 대한 반응과 그에 대한 가치판단은 즉각적이어서 그 냄새의 정체가 무엇인지 파악하기도 전에 코를 찌르는 순간 이미 인상을 찌푸리게 되거나 코를 움켜잡게 된다. 정체가 먼저 오고 냄새가 나중에 오는 경우라면 조금 다를지도 모르겠다. 누군가의 냄새에 인상을 쓰며 코를 움켜잡기 전에 나 역시 냄새 나는 사람이라는 걸 늘 잊지 않으면서 내가 사랑했고, 또 사랑하지 못했던 냄새에 대해 쓰고 싶었다.

지난한 과정을 함께해주신 편집부분들과 부족한 글에 해설을 덧붙여주신 천희란 작가님께 감사드린다. 소설을 쓸 때마다 한심한 소리를 해도 참고 받아주는 친구들과 머리를 감지 않은 날 내 냄새를 견뎌주는 식구들에게도. 볼거리가 넘쳐나는 세상에서 이 책을 골라 읽어주신 분들께도 감사하다. 모두 향기로운 날이 되시길 바란다고 쓰려다가, 향기롭다는 말이 재미가 없는 것 같아 사전에 다른 비슷한 말이 없나 찾아보았다.

모두 복복한 날이 되시길 바란다.

태초의 냄새

지은이 김지연
펴낸이 김영정

초판 1쇄 펴낸날 2023년 10월 25일
초판 2쇄 펴낸날 2024년 12월 31일

펴낸곳 (주) 현대문학
등록번호 제1-452호
주소 06532 서울시 서초구 신반포로 321(잠원동, 미래엔)
전화 02-2017-0280
팩스 02-516-5433
홈페이지 www.hdmh.co.kr

ISBN 979-11-6790-225-2 04810
　　　978-89-7275-889-1 (세트)

* 책값은 뒤표지에 있습니다.